[illegible]れ召喚!?
そして[illegible]は『神』でした?? 5

ALPHA LIGHT

まはぷる
Mahapuru

アルファライト文庫

Characters
イセリュート
（井芹悠斗）
SSランク冒険者
で、別名『剣聖』。
タクミ
先日定年退職した
平凡な男。異世界
ではなぜか若返っ
ている。職業は『神』
だが、本人はよくわ
かっていない。
エイキ
タクミと一緒に召
喚された高校生。
職業は勇者。

カレッツ
剣士をしている冒険者。『青狼のたてがみ』のリーダー。
アイシャ
『青狼のたてがみ』のメンバー。実はタクミに復讐を誓うSランク冒険者『影』。
フェレリナ
エルフの精霊使い。『青狼のたてがみ』の一員。
レーネ
『青狼のたてがみ』のメンバーで、職業は盗賊。
フウカ
女王の御側付きの盾騎士。

目次

第一章　女王からの指名依頼

こんにちは。

私は名前を斉木拓未と申します。私事ではありますが、私もついに還暦を迎えることになりました。

平々凡々と暮らしてきて早六十年、こうして定年という人生の大きな節目のひとつに差しかかりまして。定年後は、勝手気ままにのんびり暮らしていこうなどと気楽に考えていたのですが……

不測の事態とは、こういう気を抜いたときにこそ得てして起こりやすいのかもしれません。なんの因果か若返り、今では異世界なる未知の地で、驚きの体験の日々を送ることになってしまいました。

魔王軍と呼ばれる十万もの大軍との戦いを皮切りに、魔物に魔窟に魔将と相次ぐ戦闘。さらに王都では王様暗殺未遂で指名手配され、国教の総本山ではお家騒動に巻き込まれ、果ては国家反逆罪の冤罪で投獄もされました。

急遽二部構成になった続編映画ではないのですから、いくら第二の人生とはいえ、あまりに第一部と変わりすぎるのもいかがなものかと思うのですが。

小市民を自負していた私にとりまして、あまりにあまりな仕打ちです。なんという神の悪戯——と思いきや、私がその『神』でした。

これでもかと我が身に降り注ぐ特異な物事の数々は、この『神』という立場に由来しているのでしょう。最近の〝神の試練〟とは、『神』が与える方ではなく、受ける方になっているのですね。寡聞にして知りませんでした。

しかし、意図せずに得た身に余る力ではありますが、それで助けられる者がいるのでしたら、差し伸べない手はありません。

つい先日などは、大勢の皆さんの協力により、魔王軍の手に落ちた王都を奪還することもできました。国内で敬遠し合っていた国軍・教会・冒険者ギルドの三者が互いに手を取り合ったのは、実に素晴らしいことかと思います。ついでに私利私欲に満ちた王様を廃し、清廉潔白な女王様が復位されたことで、この国も良い方向へと進むでしょう。

世情が一段落したところで、私はかねてからの約束通り、冒険者パーティ『青狼のたてがみ』の皆さんと行動をともにすることになりました。

リーダーのカレッツさん、メンバーのレーネさんにフェレリナさん、新規メンバーのアイシャさん、皆さんいい人ばかりです。そこに、ちょっとした裏事情はあるものの、『剣聖』井芹くんをサポートに加えた、私を含む総勢六人が、新生『青狼のたてがみ』のメンバーとなります。

こんな中身老年の私が若人に交じって活動するのは気恥ずかしくもありますが、同時にとても嬉しく思います。気のいい仲間たちに囲まれていますと、なにか心まで若返ってくる気がしますね。

そして、今から語る新たな出来事が起こったのは、私が彼らに合流し、しばらく経ってからのことでした――

地道に訓練といくつかの依頼を重ね、冒険者パーティとしてどうにか形になってきたかと思えた頃――いつも通り、冒険者ギルドで次に受ける依頼を吟味しているところに、受付嬢のキャサリーさんからとある案件がもたらされました。

「指名依頼……ですか？　俺たちに？」

「ええ、そうよ。これね」

受付カウンター越しに差し出されたのは、真新しい一枚の依頼書でした。

カレッツさんが代表して依頼書を受け取り、訝しそうに眺めています。その両隣では、フェレリナさんとアイシャさんが覗き込み、背の低いレーネさんはカレッツさんの脇の下から首を突っ込んで興味深げな様子ですね。

「……して、〝指名依頼〟とはなんなのです？」

皆さんから数歩離れた位置で、私は隣の井芹くんを肘で突きました。

「一般の依頼は、冒険者ギルドという組織に対してなされるものだ。実際に依頼を受けるのは、ギルドに登録している不特定多数の冒険者のいずれかだな。対して指名依頼は、特定の冒険者に対してなされる。多くは馴染みの冒険者を使いたいという依頼主の意向だが、不用意に依頼内容を公示したくない場合にも用いられるな」

井芹くんが、〝壁〟のほうを親指でちょいちょいと示しながら、小声で教えてくれました。

ギルドに寄せられる依頼を書面にして貼り出す掲示板——通称、壁。たしかに、こっそりと解決してもらいたいような依頼でしたら、あそこに貼り出された時点で秘密もなにもあったものではありませんからね。

それにしても、わざわざ『青狼のたてがみ』を指名してくるとは、いったいどのような人なのでしょうか。

特定のお得意さまがいると聞いたことはありませんし、『青狼のたてがみ』がＳＳランクパーティといいましても、その事実は冒険者ギルドの一部と、冒険者のほんの一部にし

か明かされていないはずです。対外的に『青狼のたてがみ』は平凡なEランク扱いなので、指名されるほどの重要な依頼はなさそうなものですが。

「ええっ!? これって女お――ふがもが！」

なにやら、皆さんが騒がしいですね。

カレッツさんがレーネさんの口元を押さえ、フェレリナさんとアイシャさんが彼女の上半身と下半身をそれぞれ抱えて、私たちの前をダッシュで通りすぎていきました。

井芹くんと揃って、ぽっか～んとして眺めていますと――

「ふたりもこっちに！」

カレッツさんからお呼びがかかりましたので、とりあえず隅のテーブル席に移動することにしました。

今日は他に数組の冒険者パーティがギルド内におり、私たちは彼らの注目を集めてしまっているのですが、カレッツさんたちはそれどころではないようです。どうしたのでしょうね。

総勢六名で丸テーブルを取り囲み、その中央に厳かに依頼書が置かれました。

依頼主の名は――ベアトリー・オブ・カレドサニア。

「……女王様ではないですか」

このカレドサニア王国が国主、その人でした。

「そーなの！　なんで女お——ほがむがっ！」

カレッツさんが咄嗟にレーネさんの口を手で塞ぎます。

「し～！　だから、大声出すなって！　ってか、噛むな！」

ああ、先ほどの流れは、これでしたか。

「気持ちは理解できるけど……騒ぎすぎなのよ、レーネは。周囲に喧伝することはないでしょう？」

「あ痛たた……そうだぞ、レーネ。指名依頼は守秘が前提。冒険者のイロハだろ」

呆れたようにフェレリナさんが嘆息し、カレッツさんは歯型のくっきり残った右手を擦っています。

「そんくらい、あたいでもわかってるって！　でもさ、あたいらに女王からの指名依頼だよ？　驚くなという方が無理でしょ！」

「レーネちゃんのいうことも、もっともですね。アタシはまだこのパーティに入って日が浅いのですが……こんな依頼が舞い込むとは、どなたか王家に所縁のある方でも？」

普段は物事に動じないアイシャさんでも、戸惑っておられるようですね。

「んなの、ないない！　だって、指名依頼自体、初めてなんだから」

「そうね。わたしはエルフだし、リーダーは平民の出、レーネは商家の娘よね……」

「フェレリナのいう通りだよなあ。王都にはまともに行ったこともなければ、王家の人間と関わりがある者なんて――」

首を傾げたカレッツさんと、ふと目が合いました。

「あ」

続けて、フェレリナさんとレーネさんの視線もこちらに流れます。

「――あ。ああっ！」

「いたー！」

指を差さないでください、レーネさん。

我関せずの井芹くんを除いた三人がざわつく中を、アイシャさんだけがきょとんとしています。

「あの……タクミさんがなにか……？」

そうでした。この中で、アイシャさんだけは私の事情をまったく知らなかったのでしたね。

不意に皆さんが押し黙り、視線だけが私に向けられています。

この件はプライベート――というよりも、内容が内容だけに、私本人に無断で教えることはしないと、暗黙の了解がなされてきたことは知っていました。

私としましても、必要に迫られない限りは黙っていようと思っていたのですが……その迫られているのが今なのかもしれませんね。

ただ、井芹くんからは、初日に〝アイシャさんに注意しておくように〟との忠告も受けています。

（さて、どうすべきでしょうか……）

ちらりと井芹くんを窺いますと、またもや我関せずといったふうにお茶を啜っていました。判断は任せる、といったところでしょうか。

（そうですね……）

まだ半月程度といいましても、アイシャさんとは同じ冒険者パーティの仲間として過ごしてきた間柄です。

他のメンバーが知っていることを、いつまでも内緒にしておくこともないでしょう。私としましても、黙っているのを心苦しく感じはじめていましたから、いい機会なのかもしれませんね。

「……驚かないでくださいね？」

一応、前置きだけはしてから、アイシャさんに打ち明けることにしました。

私があの救国の三英雄、『勇者』『賢者』『聖女』と時を同じくしてこの世界に召喚された者であること――いわゆる異世界人であることを。

まあ、実際のところ、当時その召喚の儀に女王様はまったく関与していなかったわけですから、厳密には召喚されたことと今回の指名依頼に因果関係はないのですが。

さすがに、女王様と既知になった本当の理由――先の王都奪還における〝神の使徒〟のことを明かすわけにはいきませんからね。

ただそれでも、私が召喚された事実だけで王家に所縁があるのは明白ですし、今回の指名依頼の件についても納得はしてもらえるでしょう。

魔王軍との戦闘の詳細はぼかしましたが、召喚を経て『青狼のたてがみ』の皆さんと出会い、仲間となる約束をするにいたった一連の出来事までを話し終えたところで――

「あ！　アイシャさん！」

カレッツさんの制止も虚しく、顔色を変えたアイシャさんは冒険者ギルドを飛び出していってしまいました。

仲間に得体のしれない異世界人が交じっていたことによるものか、それともパーティ内でひとり知らなかったという事実からか……どうやら、並々ならぬ衝撃を与えてしまったようですね。アイシャさんには悪いことをしました。

「黙ってたのは皆、共犯なんだからさ。タクミんもあんま気にしなくていいよ。んじゃ、あとはあたいらの出番かな」

「どんな信頼の篤いパーティでも、人数が集まったらこの程度の諍いはままあることよ。ちょっと行ってくるわね」

フォローのためでしょう、レーネさんとフェレリナさんが、アイシャさんを追いかけていきました。

「ありがとうございます。アイシャさんのこと、お願いしますね」

情けないですが、女性陣のことは同性である彼女たちにお任せしましょう。

こんなときに仲間がいるというのは、本当にありがたいものですね。

「で、残る問題はこちらというわけか」

ずっと黙していた井芹くんが、私にだけ聞こえるような小声で囁いてきました。

皆さんが慌ただしく席を立った際にテーブルから落ちた依頼書を拾い、手渡されます。

「……ええ、そうなりますね。こちらも心配です」

受け取った依頼書には……

――行方不明となった『勇者』を捜索してほしい――

簡潔に、そんな文面が綴られていました。

冒険者ギルドのラレント支所を飛び出したアイシャ――イリシャは、そのまま近所の〝雄牛の角亭〟の二階へと駆け上がり、借りている一室のベッドに飛び込んだ。

枕に顔を埋めて声を殺しながら、幾度も拳をベッドに叩きつける。

（くっそ、ぬかった！　なんてこった！）

それほどまでに、つい今しがた聞かされた事実は、イリシャにとって衝撃的だった。憤怒に焦燥、憎悪や絶望が混ざり合った感情で、思考がめちゃくちゃになりかける。

（――駄目だ、落ち着け。己は『影』。孤絶した暗殺者。自らの感情を殺し、心を鎮めよ）

暗示スキルの効能に近い自己暗示により、どうにか平静を取り戻す。

危うく、ギルド内で暴れ出してしまいそうだったと、今さらながらに肝を冷やした。そうなれば、これまでの苦労も、これからの目論見もすべて水泡に帰してしまう。

（まさか、召喚された第四の英雄がいたとはね……）

イリシャはベッドでごろんと仰向けになり、くすんだ宿屋の天井を見るとはなしに見つめた。

誤算ではあったが、逆に納得できる内容であったことは否めない。正体不明だった獲物の正体が判明したというだけだ。おかげで、これまで疑問や仮定に過ぎなかった事柄が、一本の線に繋がったともいえる。

事の発端として、王家は王都の危機にあたり、公示通りに召喚の儀を用いて異界より英雄を召喚し、これを退けることに成功した。

しかし、人数は三人ではなく、実は四人目がいた。それが、あの〝タクミ〟なる人物だ。なぜ、四人目が秘匿されたのか……それはもちろん、目的があってのはず。

注目すべきは、その後に起こった教会の大神官の失脚劇。年々権力を増す教会の——大神官の増長に、王家が手を焼いていたのは公然の秘密として周知の事実。あえて三人だけを英雄と祭り上げることで国民の目を逸らし、裏で四人目を体のいい刺客として仕立てあげていたとしてもおかしくはない。

なにせ、十万もの魔物で構成された魔王軍と相対できるだけの実力に加え、あの暗躍に向く複製スキルだ。

それに、奴が教会の総本山、ファルティマの都を目指していたのも事実。あらゆる点が符合する。

これまで見聞きした情報を精査すると、推測の域は出ないにしろ、おそらく高い確率で王家の筋書きはこうだったはずだ。

魔王軍の王都侵攻を撃退した後、奴はほとぼりが冷めるまで、田舎村のペナントに身を潜めることを命じられた。後々、ファルティマの都で大神官を暗殺、もしくはそれに相当することを行なう予定だった。

しかし、ここで予想外の事態が起こってしまう。

『青狼のたてがみ』という冒険者パーティとの接触だ。これにより、〝タクミ〟という正体不明の強者の存在が冒険者ギルドに発覚してしまう。

追うギルドと、隠したい王家。

王家により秘密裏に王都へ呼び戻されたタクミを待っていたのは、予期せぬ冒険者ギルドの捜索網。秘匿していたつもりだった王家はさぞ焦っただろうが、国の組織立った綿密な手引きのもと、ギルドの執拗な包囲からタクミを無事に逃亡させることに成功した。

一方、ギルド側は相手が第四の英雄などということは露知らず、その脅威を知るところとなり怖気づき、勧誘のみならず追っ手まで差し向けてしまう。

遺憾ながら、白羽の矢が立ったのが、Sランク冒険者――この『影』というわけだ。

相手のバックに王家がいるとなれば、あの夜の刺客どもは悪名高い『鴉』に違いない。教会での大仕事の前に、近づいてきた怪しい人物を排除しようとした、といったところか。

裏の業界では、王家の汚れ役として有名な連中だ。あれだけの統率の取れた腕利き集団だったことにも説明がつく。

王家が女王の新体制になり、『鴉』も今では解体されたという噂だが、事実はあの夜の戦闘による死傷者で、壊滅状態になったと考える方が順当だろう。

予定外の邪魔は入ったものの、刺客である〝タクミ〟は結果、任務を成し遂げ、大神官は失脚した。

そして、王家が次に目をつけたのが、冒険者ギルドだと睨んでいる。

ギルドの組織力は国家を上回る。しかも、民衆からの支持は、王家を凌駕するほどだ。

表面上は王家とギルドは協力体制にあり、表立った諍いこそないが、国の頂点に座する者に並ぶ組織など排除したいと考えるのは、為政者として当然だろう。

そこで、王家は先の失態を逆に活かす一計を案じた。

それこそが、この冒険者パーティ『青狼のたてがみ』だ。

嘘は真実を混ぜることで真実味が増すという。偶然の出会いとその後のランク騒動、パーティに入ることを約束したのは真実だろうが、実際に承諾した理由と目的には裏がある。

相手が困っているからなどと、そんなつまらない理由で他人に力を貸す奇特な奴はいない。ただでさえ王家をバックに持ち、生活にも遊ぶ金にも困らない身の上だ。

真意のほどは知れないが、おそらく奴の目的は冒険者ギルドの中枢に入り込み、なんらかの事を起こすこと。今は、その準備段階といったところだろう。

『剣聖』が送り込まれてきたことからも、冒険者ギルド側も薄々はその正体に勘づいている。虎の子の『剣聖』の手札をこうも立て続けに切るとは、連中もよほど必死と見える。

しかし、仮にも冒険者ギルド側から奴にギルド加入を申し出た手前、獅子身中の虫となり得ようとも、今さら追い出すことはできない。信用第一を掲げるギルドだけに、上層部がそう判断を下すのも、馬鹿らしいが頷ける。

そこで、お目付け役としての『剣聖』だ。これなら、あのプライド高い『剣聖』が、こんな取るに足らない弱小パーティに与する理由に足る。

(経緯が判明したとしても、それはまあ、どうでもいいとして……)

そこで、現状に立ち返る。

あくまでも第一の目的は、奴の始末。それは変わらない。

ただし、バックに王家がついているのはどうにもいただけない。

王の交代というアクシデントがあったにせよ、今回の指名依頼が示すように、奴の飼い主が王から女王に移っただけで、王家が依然としてバックにいるという証明にはなった。

奴を殺せば、王家の有する組織力なら必ず足がつく。英雄を殺すのは暗殺者だが、暗殺者を殺すのは組織だ。それが国家規模となれば、いかな強者とて逃げきれるわけがない。

相手は憎い。恨んでも恨みきれない。これまで培った誇りと自信と尊厳を打ち砕き、あまつさえ生死の境の旅路を贈ってくれた返礼としては、万死でもまだ足りない。

しかし、そのために自らの命を捧げるなど、ごめん被る事態だった。

あくまで、骨の髄まで悔恨を与えて恨みを晴らしたのちに、足蹴にしたまま生きて高笑いをするのが目的だ。自分まで死んではただの心中、元も子もない。

(どうする……諦めるべきか……?)

諦観しかけたことに反吐が込み上げる。

(いや、駄目だ。殺る。絶対に。それは決定事項だったはず……!)

ここで諦めてしまっては、以前の孤高の『影』に戻ることなどできやしない。相手を殺せないどころか、自分を殺してしまう行為に等しい。

イリシャは自身を奮(ふる)い立たせ、拳を固く握(にぎ)り締(し)めた。

だが、もうひとつ気弱になる原因に、暗殺の算段すらいまだつかない状況がある。

パーティの連中——特に『剣聖』の目を盗(ぬす)んで何度か仕掛けてみたものの、依然として効果がなかった。

やりすぎて、『剣聖』に正体が露見(ろけん)してもまずい。なにせ、過去に一度、廃屋(はいおく)で命を狙(ねら)ったことで、明確に敵対してしまっている。ここで、奴まで同時に敵に回すわけにはいかない。

やはり、〝タクミ〟が厄介(やっかい)なのは、様々な攻撃を無効化する効果を有した古代遺物(アーティファクト)——それすら複製できる驚愕(きょうがく)のスキルか。

口惜(くちお)しいが、さすがは召喚英雄といったところか。逆をいうと、それさえどうにか攻略してしまえば、あの素人(しろうと)じみた動きだけに、あっさりと片がつくに違いない。

常にあらゆる攻撃を無効化しているところからすれば、その効果がある古代遺物(アーティファクト)は、形状としては身につけるのが容易(ようい)な小型の装飾(そうしょく)品型なのだろう。

よほど用心深いのか、風呂に入っている最中でも決して外すことはないようだ。まあ、冒険者にとって命にも等しい希少(きしょう)な古代遺物(アーティファクト)を湯に浸(つ)ける行為自体は桁外(けたはず)れの蛮行(ばんこう)だが、そもそもスキルでいくらでも複製できるとあっては、使い捨て感覚なのだろう。当然ながら、四六時中、身から離すこともないはず。

こうなると、残る手立てはひとつしかない。むしろ、当初の手段に立ち戻ったというべきか。

閨で着飾る男はいない。仮に用心深くとも、睦言で女が無粋と甘く囁けば、いうことを聞かない男はいない。

固有スキルの〈完全魅了〉が使えると楽だったが、今のアイシャという仮の姿では、正体を晒すという使用条件に見合わないため発動しない。初手で通じなかった以上、この自慢のスキルは完全に封じられたも同然だ。

前回の手痛い失敗からも、安い女では疑われる。舐めてかかると、再び反撃を食らうのはこちらだ。またしても返り討ちなど、それだけは冗談ではない。

ただでさえ『剣聖』やパーティの連中の目もある。面倒だが、しばらくは本物の仲間という心根で行動し、混じりけのない真の信頼関係を築き上げ、その上で気を惹き惚れさせて心酔させるくらいの入念な段取りが必要だろう。

色香で奴を籠絡し、王家すら裏切らせる。逃避行の末に死んだとあれば、王家もそれ以上は追及しまい。

（やってやる……やってみせる……）

要は、いつもの潜入調査の依頼となんら変わりない。

敵に交じりて油断させ、虚を衝き益を得る——『影』の最も得意とする分野である。

室外からドアをノックする音がした。おおかた、あの甘っちょろく温いパーティの連中だろう。

飛び出したメンバーを心配して慰めにでも来た、そんなところか。

まったくもって下らない理由すぎて、胸糞悪くて反吐が出る……のではあるが、これからしばらくはその同類を装い、仲良くお友達ごっこをして過ごさねばならない。

（さて、言い訳はどうしよう？　ひとりだけ除け者にされていたことにショックを受けたとでもするかな。そして、最後にこう加えとくか、「だけど、そんな大事なことを話してくれて嬉しかった。これからも仲間として仲良くしてくださいね」なんてな。けけっ！）

結局、皆さんと話し合った結果、指名依頼を受けることになりました。もとより、王族からのご指名とあれば、一介の冒険者に拒否するという選択肢はまずないそうです。
それ以前に、私が在籍しているせいで押しつけられたような依頼で恐縮だったのですが、意外にも他の皆さんはかなり乗り気でして。指名依頼とは冒険者パーティにおける一種のステータスであり、それが王家からともなれば、冒険者としてもかなりの箔がつくそうで

すね。皆さん、向上心に溢れていて、感心してしまいます。

書類上はSSランクではありますが、いまだ実績のない『青狼のたてがみ』としては、名に実が追いつける絶好の機会とあり、カレッツさんたちからはむしろ感謝されたほどでした。

そして、冒険者だけではなく冒険者ギルドのほうも、国家権力との縁を深められる――平たくいいますと、国に恩を売れる案件はギルドの指針で推奨されており、その冒険者が所属するギルド支所の格付けに関わる貢献度でも高く評価されているそうです。その点から、ラレント支所を盛り上げたいキャサリーさんからも、おおいに発破をかけられました。

私としては、顔見知りで同じ境遇のエイキのことを放っておくわけにもいきませんから、今回すんなりと依頼を受け入れてもらえたのは、渡りに船でありがたいばかりです。

エイキが魔王討伐のために旅立っていたことは噂で知っていましたが、まさか行方不明などという事態になっていようとは。

『勇者』という存在は、この異世界では並ぶ者なしとされる強者の代名詞だそうです。そもそも、召喚された当時の魔王軍との戦みたいな個人対軍団戦という状況が異常なだけであり、通常戦闘で『勇者』が魔物などに後れを取ることはないと聞いていました。だから、安否についてすっかり安心しきっていました。

便りがないのは良い便りとはいいますが、まさに的を射ていたのがわかりますね。便りがあった途端にこれですよ。寝耳に水もいいところです、まったく。

即日のうちに準備を済ませ、私たち『青狼のたてがみ』の一行は、昼過ぎには一路王都を目指すことになりました。

まずは、依頼主――つまりは女王様に、依頼の詳細を訊きにいかないといけません。

ここラレントの町を訪れてから、わずか一ヶ月もしないうちに再び王都に舞い戻ることになろうとは、思いも寄りませんでしたね。

今度もまた長い馬車旅ですが、今回はパーティの仲間と一緒ということもありまして、ずいぶんと雰囲気も違います。

パーティ自前の専用馬車ですから、すし詰めの乗合馬車と違って車内も広々ゆったりと使えます。六人なら、全員が全身を伸ばして横になれますね。

それに、乗車人数が少ないということは、馬足も速いということです。なにより乗合馬車にありがちな、いくつもの停留所を転々とする道中ではありませんので、距離的にもぐっと短縮できて、前回よりもかなり早い行程になるでしょう。

エイキのことは気がかりですが、なにもできない移動中に焦っても仕方がありません。ここは彼を信じ、今は我慢のときですね。気を落ち着けていきましょう。

だからというわけではないのですが、今、私の手には五枚のカードが握られています。

なんでも冒険者の心得として、オンオフのスイッチの切り替えが大事だそうで。冒険者たる者は休めるときには休む、遊べるときには思いっきり遊ぶもの！　とレーネさんに熱く諭され、御者役のカレッツさんを除いた五人で車内で輪になり、先ほどからカードゲームに興じています。

こうして遊んでいることに、エイキに対して申し訳ない気持ちがないわけではありませんが、レーネさんの言に一理あるのもたしかですし、郷に入りては郷に従えということですね、はい。

「だああ～！　まった負けた～！」

賭けていた銅貨を放り投げて、レーネさんがごろんと床に転がりました。

私たちが行なっているのは、トランプのポーカーに似たゲームです。

カードの組み合わせで強弱があり、配られたカードの役に自信のある者は、まずはチップを一枚賭けます。この時点で自信のない者は降りられるので、ここで降りた場合は損得なしです。さらに自信のある者はチップを上乗せし、勝負を受ける場合はチップを追加。ただしここで降りてしまうと、最初に賭けたチップは場に残り、手元に返ってきません。後はそれを繰り返し、最終的に降りずに残った者同士でカードを公開し、役が最も強かった者だけが場にあるチップの総取りとなります。

こんな簡単なカードゲームでも、個性って出るものですね。

レーネさんは他人の心の機微を読むことには長けているのですが、それ以上に顔や態度に出やすいです。それでいて、ブラフを多用して無謀にも最後までチップを吊り上げるものですから、一番負けが込んでいます。

フェレリナさんは逆に堅実派ですね。ブラフはまったく用いずに、少しでも分が悪いと感じたら、多少いい役でもあっさりと降りてしまう傾向にあるようです。大勝ちも大負けもせずに、チップの変動がほとんどありませんね。

アイシャさんは……言い表しにくいのですが、勝敗にはこだわらず、あえて自分の勝ち負けを制限し、場を調整している感があります。私と井芹くんを除いた皆さんの中では年長者ですから、仲間内で角が立たないようにされているのでしょうか。なんとも大人な対応です。

井芹くんは、役が悪いときはあっさりと降りるのですが、いけると感じたらぐいぐい押してくるタイプですね。一度前に出たら、引くことがありません。それでいて、最終勝負で負けたときはすごく悔しがる、極端な負けず嫌いです。それはいいのですが、負けたときに子供の芝居を忘れて素で舌打ちするのには、どうしようかと思いましたよ。

結果、勝敗は上から、井芹くん、アイシャさん、フェレリナさん、私、レーネさんの順となりました。

ドベのレーネさんがチップの銅貨を使い果たして不貞寝をはじめましたので、カードゲームは自然にお開きになりました。

その後は皆さん馬車の中で、思い思いに過ごされています。

井芹くんは壁にもたれかかり読書、アイシャさんは装備の点検をしています。フェレリナさんは瞑想しているようですね。

私は特にやることがありませんので、とりあえず馬車の窓から外の景色を眺めています。

「……それにしても、こんなにのんびりしていていいのでしょうかね？」

普段の馬車旅でしたら、道中さまざまなアクシデントも起こるものですが、精霊使いのフェレリナさんが認識阻害とやらの精霊魔法を馬車に施しているそうで、今この馬車は外から非常に認識しづらい状態にあるそうです。おかげで、馬車は無人の荒野を突き進むがごとく。精霊魔法とは便利なものですね。

「まあ、たしかにこうして移動している間が一番暇だよね〜。常に外敵を警戒していた、馬車買う前には考えられなかった贅沢な悩みなのかもしんないけど」

「おや。起きていたのですか」

気づけば、レーネさんがごろんと横になったまま、首だけこちらに向けていました。

「さすがに本当に寝ちゃったら、気ぃ抜きすぎだからね。なにがあるかわかんないし」

「そのだらけまくった格好だけでも、充分に気を抜きすぎよ」

レーネさんは片目を開けた瞑想中のフェレリナさんから、額をぺしんと叩かれていました。

「あ痛。だああってさ～……暇なものは暇なんだから、仕方ないじゃんかよぉ～」

しぶしぶレーネさんは起き上がり、床に胡坐をかいた姿勢から、お尻を支点に身体ごと私の真正面に方向転換しました。

「そうそう、そーいやタクミんは、『勇者』にもちろん会ったことあるんだよね？　どんな感じの人？　背、高い？　やっぱ凛々しい感じの大人でカッコよさげな人？」

いきなり『勇者』の話題が出ましたので、思わず私はちらりとアイシャさんの様子を窺ってしまいました。

先日の私による出自の暴露で、アイシャさんを除け者にして気分を害させてしまった負い目があります。本人は、気にしてない、教えてもらえて嬉しかった、といってくれましたが、冒険者ギルドから走り去ったあのときの状態からして、そう安直に言葉通りに捉えていいものでもないでしょう。

私の視線を感じたようでして、アイシャさんはナイフを磨いていた手を止め、こちらに笑顔を向けました。

「前にもいいましたけど、余計な気遣いは無用ですよ。そもそもアタシ自身、気にしてなかったんですから、本来は謝罪の必要もなかったことです。それより、アタシもあの英雄様のことなら聞いてみたいですね」

アイシャさんもまだ若い方ですのに、大人の心配りですね。

誰かに似ている気がします。そう、気配り上手のイリシャさん。そういえば、名前の語感も似てますね。

「ねえ、タクミんってば。聞いてる?」

「ええ、はいはい。『勇者』――エイキのことでしたね」

エイキとは半年近く前に王城で少し話しただけでしたが、あの日のことは印象深かったですから、よく覚えています。軽口好きなヤンチャで愉快そうな子でしたね。

高校生だったはずですから、レーネさんとは同年代くらいじゃないでしょうか。

「十六歳の活発そうな男の子ですよ。身長は私とフェレリナさんの中間くらいじゃないでしょうか。ノリもよかったですから、レーネさんとは気が合うかもしれませんね」

「ええ~? なんだ、だったらガキじゃん。期待して損した」

それはすなわち、自分もそうだといっていることになると思うのですが……

「やっぱ、頼りがいのある大人の男じゃないとね~。身長百八十センチ以上でガタイもよくて渋くて。屈強な戦士! って感じじゃないと」

レーネさんは女性にしても身長が低く、百四十センチ台半ばくらいしかありませんよね。

そんなレーネさんが、その理想の人物と仲良さげに腕を組んでいる図を想像しますと……ユーカリの木にぶら下がっているコアラを彷彿させないでもないですね。もしくは、誘拐犯に連れ去られそうになっている少女とか。犯罪性を感じなくも?

「ねね、だったらさ、『賢者』はどうなの？　前回の王都防衛の立役者。今も王城に住んでいるんでしょ？」

「ケンジャンですか……」

脳裏に、あの独特なシルエットが思い浮かびます。

あれも一種ガタイがいいと表現できなくもありませんし、レーネさんの理想にだいぶ沿っていると思わなくも？　ふむ。

「年齢はアイシャさんと同じくらいでしょうか。身長は高いですね。おおよそですが、百八十センチちょっとはあるのではないでしょうか」

「おお〜！」

「恰幅もいいですし」

横に。

「理知的で」

眼鏡が。

「う〜ん。理想は渋めのムキムキ戦士だけど、賢そうな細マッチョお兄さんも捨てがたいかな……」

レーネさんが頭を悩ませています。

私の頭の中の実像とだいぶイメージに隔たりがあるようですが、ここはケンジャンの名誉のためにも否定しないほうがいいですよね。

三日ばかりの行程を経て、『青狼のたてがみ』の一行を乗せた馬車は、あっさりと王都カレドサニアに着くことができました。王都を離れてわずかひと月ばかりで感慨を抱くほどでもありませんが、それでも懐かしく感じるものはありますね。

王都に入ってから、私たちはいったん別れて別行動を取ることになりました。

パーティのリーダーであるカレッツさんと当事者の私、そして頑として同行を主張したレーネさんを含めた三人が、王城の女王様のもとへ出向くことになり、フェレリナさんとアイシャさんは馬車に残って荷物番です。

井芹くんは食材調達の名目のもと、単独で王都をぶらつくそうです。まあそれは建前で、冒険者ギルドのカレドサニア支部のほうに顔を出すということでした。今回の件についても、ギルドにいろいろと確認しておきたいことがあるそうです。

賑わう城下町を抜けて、私たち三人は、カレドサニアの王城へとやってきました。

事前に話は通っていたようで、身分証代わりの『青狼のたてがみ』のパーティカードを提示しますと、私たちはすぐさま城内へと通されました。そういえば、正式な手順を踏んで入城するのも、何気に初めてでしたね。

出迎えてくれた衛兵さんの先導のもと、厳粛な王城の通路を並んで歩いていますと、城内が物珍しいのか、レーネさんが後頭部で後ろ手を組んだまま、しきりに周囲をきょろきょろと見回していました。

「こら、レーネ。みっともないだろ！」

小声で窘めるカレッツさんにも、お気楽なレーネさんはどこ吹く風です。

「いいじゃんリーダー、固いこといいっこなしで。こんな王城に入れる機会なんて、そうそうないんだし」

「そりゃあそうだろうけど……」

対照的に、カレッツさんはがちがちに緊張しているようですね。なにか、手足の動きがぎくしゃくしています。ともすれば、同じ側の手足が同時に出そうになるのを堪えているような。

これから一国の最高権力者に面会しようというのですから、当然なのかもしれませんが。

「さすがに、タクミさんは余裕そうですね……？」

「……ふぅむ。そうですね」

いわれてみますと、私ってこの異世界に来てから結構、偉い人ばかりにお会いしてませんかね。

王様然り、女王様然り、大神官様然り、エルフの女王のセプさん然り――騒動に巻き込まれるのに慣れてしまい、そこら辺の感覚も麻痺してしまったのかもしれませんね。

「お？　タクミじゃないか！」

「え？」

つい俯いてしまっていた顔を上げますと、通路の向こう側から歩いてくるケンジャンの姿がありました。

さらに増量を重ねたようでして、全体のシルエットがミカンを載せた鏡餅っぽくなっていますね。最後に会ったときから三割増しといったところでしょう。

また城下への買い出しの帰りでしょうか。両手いっぱいの袋と、口には串カツを三本ほど咥えています。

「ついこの前、王都を離れる挨拶に来たんじゃなかったっけ。もう戻ってきたのか？　串カツ食う？」

「いえ、結構です」

ちなみに、いくらなんでもその口に咥えた食べかけの串じゃありませんよね？

「これからちょっと女王様との用事がありまして。それが終わりましたら、またすぐに出ないといけません」

「そっか。おまえもたいへんだな。じゃあ今度暇ができたら、僕のところにも顔を出せよ？」

「はい、是非にも。それでは、また」

　すれ違い際の声かけ程度で、ケンジャンはそのまま去っていきました。離宮の自室のほうに戻ったのでしょうね。

「なに、今の人。タクミんの知り合い？」

　背中に隠れていたレーネさんが顔を覗かせました。

「ええ、まあ。友達ですね」

　そして『賢者』です。

「これでもか！　ってくらい、すんごい太ってたねえ。黒っぽい服着てたから、一瞬、オークかなにかの魔物かと思って斬りかかっちゃうとこだったよ。にしし」

「……レーネ。いくらなんでも、タクミさんの友人に失礼だろ」

「そっか、ごめんごめん。でも、これだけ広そうな王城で友達と会っちゃうくらいだから、案外『賢者』様ともばったりなんてこともあるかもね！　そのときはちゃんと紹介してよね、タクミん？」

「……ええ。ははは」

　すみません、ケンジャン。今の状況で真実を語る勇気のない私を許してください。理想は理想のままでそっとしておきましょう。

そうこうしている内に、目的の場所に着いたようでした。

てっきり、いつもの謁見の間に連れていかれるのかと思いましたが、案内されたのは別の一室でした。雰囲気からして、貴賓室なのかもしれません。

出入口前で待機していた別の衛兵さんに武器の類を渡してから、無人の室内に導かれました。

「こちらにて、しばしお待ちくださいませ。私めはこれで失礼いたします」

案内役だった衛兵さんが一礼し、きびきびとした動作で退室していきます。

部屋の中央に豪奢な応接セットが用意してありましたので、とりあえずそのソファーに、三人並んで座って待つことにしました。

ソファーは高級そうな見た目通りふかふかな上で、しかもゆっくり三人で座っても充分に余裕があるくらいに大型の品ですね。

「うっわ、なにこれなにこれ⁉　すっごい沈むんだけど、あはは！　ほらほら、見て見て～！」

興奮したレーネさんが、ソファーに正座した格好で上下に跳ねています。

「だから、はしゃぐなって！　こんなところを見られでもしたら――死罪になるかもしれないんだぞ⁉」

カレッツさんが真っ青になりながら、動揺して中腰のままワタワタしていました。

いくらなんでもそれは飛躍しすぎかと。レーネさんは無邪気すぎですが、カレッツさんは緊張しすぎですね。

メタボな元王様と違って、ベアトリー女王は割と気さくなお方です。良識もあり、他人の話に耳を傾ける寛容さもあります。王族に不敬と断じられるほどの無体を働いたのでしたらともかく、この程度のお茶目に目くじらを立てるほど、狭量な方でもありませんしね。

以前の私の日本帰還騒動で、誤って謁見の間に乱入してしまった際にも、笑って許してくれました。それどころか、そのまま一緒にお昼をともにしたほどです。

女王様は長年病床にあったせいか好奇心が旺盛な方でして、そのときも私が持ち込むことになった異世界の食事に、たいへん興味を持たれていました。気品あふれる荘厳な衣装を纏った一国の女王様が、タイムセールで半額になったお寿司や惣菜を箸で突いているさまは、かなりシュールではありましたが。

ただ世間一般には、快気と同時に、十年近くも執政を任せていた王配を追放して王座に返り咲いた女王様ですから、真相を知らない方々からしますと、無慈悲な統治者に思えても仕方がないのかもしれませんね。

「皆様方、お待たせいたしました」

部屋の奥にある別の扉から、その女王様の颯爽としたご登場です。

精力的に執務をこなされていると風の噂で聞いていましたが、相変わらずお元気そうですね。

声に弾かれるように、カレッツさんがソファーを蹴って立ち上がっていました。

「も——申し遅れましたが！　『青狼のたてがみ』のリーダーを務めさせていただいております、カレッツと申しばふゅ！　こにょたびはごそんぎゃんびたば、たわま、まびして……」

残念。申し遅れたどころか、唐突感のある挨拶だった上、後半は噛みまくりでグダグダです。

カレッツさんが顔色を失くしたまま、硬直して微動だにしていません。また、〝死罪〟とかが頭を過っていそうですね。

(やれやれ。仕方ありませんね……)

レーネさんと目配せしてから揃って起立し、紹介のバトンを引き継ぐことにしました。

「こちらは、冒険者パーティ『青狼のたてがみ』のリーダーのカレッツさんです。そして、こちらが同じくメンバーのレーネさんです」

「……カレッツです……」

「レーネと申します。この度は、女王陛下に拝謁する栄誉を賜りましたこと、誠に光栄の至りと存じます」

レーネさんが落ち着いた口調とともに、手を胸と腰の後ろに添え、片膝を落として畏まりました。余裕さえ感じられる堂々とした所作で、実に堂に入っています。はて、先ほどまでソファーで飛び跳ねて遊んでいた方はどこに行ったのでしょうね。見事な猫の重ね被りっぷりです。

そういえば、レーネさんはもともと商家の娘さんと聞きました。もしや、ラミルドさんの営むアバントス商会のような大きい商家さん出身で、幼き頃に身につけた礼節とかでしょうか。どちらにせよ、普段をよく知っているだけに驚きですね。

ですが、女王様からは見えない後ろ手でVサインをしたり、意気消沈するカレッツさんをからかって頭を伏せながら密かにどや顔を見せつけているのは、いつものレーネさんですね。なぜか、安心しました。

「妾はカレドサニア王国が女王ベアトリー・オブ・カレドサニア。此度はご足労をおかけしました。そう気負わず、構いませんので、どうぞ楽にされてください」

「これはどうも。では、お言葉に甘えまして。ささ、ふたりとも」

あらためてソファーを勧められたので、皆で倣うように腰を下ろしました。

私たちが座るのを見届けてから、女王様が応接テーブルを挟んだ対面ソファーの中央に優雅に腰かけます。

専属の護衛の方でしょうか、略式鎧姿の面差しの似た若い男女ふたりが、女王様の背後に直立不動で待機しました。

「女王様。それでは、さっそく今回の依頼について話しましょう。『勇者』のエイキが行方不明になったとか」

準備は整ったようですので、まずは私が代表して口火を切ることにしました。

「大筋ではその通りです。ひとつ補足させていただきますと、行方不明になったのではなく、行方不明であった、というのが正解です」

過去形？

「でしたら、最近そうなったのではなく、以前から行方不明だったということですか？」

「そうなります。事が身内に関することゆえ、恥ずべき限りなのですが……」

そう前置きしてから、女王様は時系列に沿って説明してくれました。

エイキが魔王を倒すと意気込みながら仲間を従えてこの王都を旅立ったのが、今より五ヶ月ほど前――そして、その一ヶ月後には、すでに連絡が絶たれて行方知れずになっていたということなのです。

出発時の勇者パーティの構成は、国軍から選りすぐられた高騎士が五名に、宮廷魔術師が四名、高名な冒険者が三名、教会からの出向の高神官が三名の、計十五名。それにサポートメンバーの十名を加えた計二十五名が、魔王討伐に向かう精鋭部隊の面々でした。

旅の詳細は定期的に、サポートメンバーとして同行していた連絡係により、書面で王都に届けられていたそうです。

報告書によりますと、こちらの世界の常識に欠けており、また規格外の能力を有するエイキは、独断専行や猪突猛進といった他者を顧みない場面が多かったとのことで。ついていけずに負傷して帰還を余儀なくされた者、仲間内での不和による離脱者、そういったパーティからの脱落者が相次いだことにより、ついには旅が継続できない状態にまで陥ってしまったとのことでした。

旅を断行すべきか否か。エイキを筆頭とした賛成派と、即時撤退を主張する反対派、一時中断して意思統一を図る中立派とで意見がわかれ、膠着状態となってしまいました。

エイキの立場としては、大勢の国民の前で魔王討伐を大々的に宣言し、大手を振って旅立った以上、おめおめ引き返すなど、プライドが許さなかったのでしょう。

ある夜のこと。エイキは賛同するわずか数人だけの手勢を引き連れて、他の者たちを置き去りにして、密かに出発してしまいました。その取り残された中に、王都との連絡役だったメンバーがおり、それ以降のエイキの足取りがまったくつかめなくなってしまったそうです。

当然ながら、報告はすぐさま王都まで伝えられましたが、動揺する周囲を余所に、当時のメタボな王様の選択は〝放置〟でした。

そもそも魔王討伐の期待などしていなかったのか、事実を公表して国民からの支持が下がるのを恐れたのか、とりあえず現状が平穏ならばそれでよかったのか——本人がいない今となっては真意のほどは定かではありませんが、あの無頓着で考えなしの元王様のやりそうなことです。

　そして、それが発覚したのがつい先日。女王様の新体制に変わり、慌ただしい日々が一応とはいえようやく落ち着きはじめたかと思われた矢先の出来事だったそうです。怪我のために故郷で療養していた元同行者の騎士が原隊に復帰し、勇者パーティを去った後の顛末を同僚に問うたことをきっかけに、事態が判明することになります。

　もともと、『勇者』が行方知れずとなった情報は秘匿され、元王様とその側近たちで故意に隠されていました。しかも、彼らのほぼ全員が、今回のベアトリー女王の復位劇で追放もしくは更迭されていたため、真実が伝達されないままになっていたのです。

　王都の誰もが、勇者一行は危なげなく魔王討伐に向けた旅を遂行中だと信じていたのが、実は所在の管理すらされておらず、完全に音信不通だったわけです。

　事実を知った現高官たちは、慌てふためきました。報告は、即日ベアトリー女王にもたらされ——

　とまあ、ここまでが、私たちが冒険者ギルドラレント支所で指名依頼を受け取る前日までの経緯らしいです。

当初は女王様直々の指示のもと、捜索部隊が編成されようとしたのですが――ここでいくつかの問題が浮上しました。

ひとつは、王都がまだ完全復興に至っていないこと。

王都の復興には、安全保障の確立までが含まれます。いつまた魔王軍が侵攻し、王都の住民の平和が脅かされるかわかりません。瓦解してしまった防衛体制の再構築は国の急務です。そのための軍編成が半ばの現状で、捜索のために国軍から有能な人員を割くことは難しいそうです。

もうひとつは、今回の『勇者』失踪の件に、緘口令が敷かれている点が挙げられます。

昨今の魔物被害の急増、さらには王都が陥落しかけた事実は民衆の不安を煽り、精神的にも多大な恐怖を与えています。魔王討伐に旅立った『勇者』に、一縷の希望を見い出している国民も少なくはないでしょう。下手に国軍を動員させれば、情報が漏洩し、せっかく復興の気風にある城下を混乱させかねません。

そして、最後のひとつ。

こちらのほうが現実的により厄介な問題らしいのですが――『勇者』一行が向かったと思しき場所が、トランデュートの樹海という特殊な地域だそうでして。

「よりによって、あの樹海ですか……」

黙って女王様の話に耳を傾けていたカレッツさんでしたが、思わずといったふうに呟いていました。

「カレッツさんも、ご存じなので？」

「ええ、冒険者内では有名な難所ですよ。トランデュートの樹海――西の大森林と並び、神話の時代に創られたと伝承に残る場所です。山脈や丘陵をも内包し、その面積は実に国土の三分の一を占めているといわれています」

「さ、三分の一ですか……それはまた、なんとも壮大な……」

この広い国土の三割強――どんだけですか。もはや全体像が想像もつきません。富士の樹海よりも、確実に広そうですね。

「しかも、魔物や魔窟までもがてんこ盛り。ギルド推奨の冒険者ランクは外周部でもD以上。内部になると中堅未満はお断り。今のあたいらで、どうにかこうにかって感じかな」

レーネさんも女王様の前で猫を被るのを忘れて、真顔になっていますね。

「ですが、エイキ――『勇者』は、どうしてそのような場所へ、危険を冒してまで向かったのでしょうか？」

「先の、最初の魔王軍による王都侵攻では、トランデュートの樹海へと続く北の城砦が破られております。魔物の大軍は樹海を経由して侵攻していたことからも、樹海内になんらかの魔王軍の拠点があるものと推測されます。その点から、当時より魔王軍の本拠地――魔王の座する魔王城が樹海に隠されているとの噂が、まことしやかに囁かれておりました。

おそらくは、その噂を頼りに樹海へ向かったのではないかと……」

女王様が申し訳なさそうに説明してくれました。

「そうでしたか……」

申し訳ないのはこちらのほうです。思わず溜息が出ちゃいますね。

わずかな人数ながらも一直線に敵の本拠地を目指すあたり、十万もの大軍との戦闘を前にしても嬉々として目を輝かせていたエイキらしいといえばそうですが。

相変わらずの勇猛果敢といいますか……危険度外視の無謀っぷりです。若気に任せた無茶ぶりも、時には後の人生の糧ともなりますが、このときばかりは改めていてもらえると嬉しかったのですけれどね。

「場所と理由はわかりました。ただ……カレッツさん。そのように広大な樹海で、私たちだけで人ひとりの捜索なんて、通常できるものなのですか？」

私には、そこら辺がどうにも疑問です。

ただでさえ土地勘のない場所での行動は、大変な労力を要するものです。さらに場所が樹海ともなれば、市中での迷子捜しとは規模からして根本的に異なるでしょう。

フィクションの探偵ドラマみたいに、行き当たりばったりで捜し人がそうそう都合よく見つかるものとも思えません。警察による捜索のように、ローラー作戦でも敢行できるのでしたら、また違うのでしょうが。

「ん～……逆にいうと、『だからこそ』って面もありますね。あれだけ広いと十人で捜索しようと千人で捜索しようと効率はたいして変わらないんですよ。会えるかどうかは運任せってところが大きいですね。それに、あそこは大軍による行軍には向いていません。集団戦を得意とする国軍だと、基本行動が分隊単位となる樹海では、個別に襲われて全滅しかねませんよ。ああいう特殊な状況下での行動は、どちらかというと冒険者の領分ですね」

「でしたら最善手は、私たち以外の冒険者さんにも協力を仰ぎ、複数で事に当たることですか？」

「それもどうでしょうね。冒険者がいくらいても、行動そのものは各パーティごとです。仮に樹海にそれぞれが散開したとしても、そもそもお互いの連絡手段がありませんからね。そんな状況で連携して捜索なんて、とても望めませんよ。特に場所が場所ですから、相手がどこにいるのか期間もいつまでかかるかわからない捜索依頼なんて、普通の感覚を持つ冒険者なら見向きもしないでしょうね」

「ってか、それ以前に『勇者』の顔をまともに知ってんのって、タクミんだけじゃん」

レーネさんの切れ味の鋭いツッコミが飛んできます。

それもそうでした。戦勝パレードとかで、遠目に見かけたくらいの人はいるかもしれませんが、数ヶ月も前のことですし期待はできませんね。

それに、『勇者』の現状を伏しておきたいがための指名依頼でした。大々的に募集をかけては意味がありませんね。

顔見知りという点では、手の空いているケンジャンという手もあるでしょうが……今の彼にそれを願うのは酷でしょう。出歩くだけで、ぜはーぜはー息を切らしていましたし、とても長旅に耐え得るだけの体力があるようには思えません。先に尽きるのは体力か食料か、どちらにせよカロリー不足で動けなくなるのは目に見えていますね。

「ご納得いただけたようで、なによりです、タクミ様」

女王様が微笑んでいます。

「これは王家よりギルドを介した正式な依頼ですので、支度金——冒険者ふうには前金と申すのでしたね。前金として金貨五百枚。成功報酬として、追加で金貨三千枚を支払う用意をいたしております。万一、発見にいたらなかったとしても、金貨千枚を支払うことをお約束いたしましょう」

日本円換算で総額三千五百万円ですか……こちらも樹海と同じくスケールが大きいですね。破格すぎて、あまりピンときません。

「わ〜お、さっすがお国のトップ、太っ腹だねえ♪」

レーネさんが陰で口笛を吹いています。

カレッツさんは……額の大きさに唖然としているようですね。さもありなん。

「ただし、万一とは申しましたが、タクミ様が必ず『勇者』様を見つけてくださるものと、確信を抱いております」

言葉通り、女王様の確信には微塵の揺らぎもありません。

私だって、エイキを捜し出したいのは山々です。捜索に当たり、同じ日本人特典とか異世界人特典とかのなにか便利スキルはないものでしょうかね。ま、ないでしょうが。

女王様の発言を最後に、しばし無言の時が流れました。

これで女王様からの指名依頼に関する情報は出揃いましたので、後はこちらの返答待ちでしょう。

どう返事をしたものか、ここはリーダーであるカレッツさんの助言がほしいところですが……隣から肘で脇腹を突いても、反応がありません。

うう～ん。驚きのあまり、物言わぬ屍と化しているようですね。

カレッツさんがこんなですから、レーネさんにちらりと視線を投げかけますと、口の動きだけで「ま・か・せ・た」と返ってきました。丸投げする気満々のようです。

私はパーティメンバーとして一番の新参者で、しかもサポートなのですが……仕方ありませんね。

「パーティには他の仲間もいますから、この場で私の独断で依頼を承諾するわけにもいきません。一度持ち帰らせてもらい、少しばかり考える時間の猶予が欲しいのですが、よろしいでしょうか？」

「もちろんですとも、タクミ様。それはもう、ご随意に」

女王様はすでに承諾の返事を受け取ったとばかりに嬉しそうですね。

ただ、先ほどもレーネさんがいった通り、危険な場所での依頼です。私としては、知人の安否に関わることですから是非にも受けたいところですが、今回求められるのは集団行動だけに、なにかあったときに被害を被るのは私だけでは済みません。

冒険者パーティは運命共同体、これが単独行動だったこれまでとの相違点でしょう。私の身勝手な行動で迷惑をかけるわけにもいきませんし、ここはいったん私情は置き、パーティ内でじっくりと話し合って、吟味する必要があるでしょうね。

「タクミ様。気が早いとは心得ておりますが、トランデュートの樹海へ向かわれる際には、この双子のうちのひとりをお連れください」

女王様が示した先は、背後に控える護衛のおふたりでした。

「親衛隊所属が騎士、ライカと申します」

「同じく、騎士のフウカと申します」

鏡写しのような一糸乱れぬ挙動で、慇懃に敬礼されました。

面差しがよく似ていると思っていましたが、双子さんでしたか。見事なまでの阿吽の呼吸です。

ライカさんが男性騎士で、フウカさんが女性騎士ですね。歳はカレッツさんと同年代くらいでしょうか。まだお若いのに女王様の御側付きとあって、顔つきは凛々しくそこはかとなく風格すら感じられます。

ふたりとも背格好も似通っており、見かけでも同じような鎧を身につけていますから、正直、声と髪型くらいでしか見分けがつきません。

「この者らは年若いですが、妾が静養地にいた頃から付き従っていた近衛の一員であり、妾が信を置く者たちです。ふたりは双子ならではのスキルを生まれながらに有しています。スキル名は〈共感〉。お互いの距離に関係なく、感覚や記憶を同調できるスキルです。このスキルにより、一方をここ王城に残らせ、もう一方を皆様方に同行させることで、双方での情報の共有化が可能です」

つまり、前回のエイキのパーティのときの連絡係に代わる連絡要員ということですね。

「なるほど。二次遭難を防ぐという意味合いでも、ありがたそうですね」

〈共感〉スキルなるものは初めて聞きましたが、効果は〈伝心〉スキルと同じようなものなのでしょうか。無線や携帯電話のない異世界だけに、情報の即時伝達はありがたいですね。

王都奪還の際でも、その重要性は重々理解できました。あのときに『炎獄愚連隊』のガリュードさんの〈伝心〉スキルがなければ、あれほどスムーズに作戦が成功したかどうか。

「タクミ様には、無用の心配とは存じておりますが……何事にも予想外という事態はございます。万一の備えに対して、過分ということもないでしょう。さらには両者ともに名うての手練れ、戦力としてもご期待に添えるだけの力量を備えております」

なにせ、場所は富士の樹海以上に広大な難所です。富士の樹海――青木ヶ原は、「青木ヶ原樹海は一歩入ると出られない」との俗説もあるように、こちらの異世界の樹海も一筋縄ではいかないでしょう。

ミイラ取りがミイラに……ではありませんが、たしかにそれだけの規模の樹海ですから、捜索中に自分たちも遭難しないとは断言できませんね。

それに、行動の制限が想定される樹海の中で、カレッツさんに加えて前衛を任せられる人員が増えるのは、スキル以上にありがたい申し出かもしれません。

さて。これで一通りの依頼内容は確認できたようですね。こちらとしても、現状で話すべきことはこれくらいでしょうか。

カレッツさんがまだ放心状態から抜けていませんでしたが、レーネさんからは指でOKのサインが送られてきました。

「吉報をお待ちいたしております」

そうして、私たちはその言葉を背に受けて女王様に見送られながら、長くもあり短くもあった一時間ほどの面談を無事に終えて、王城を後にしました。

　これからさっそく、同行しなかったパーティメンバーとも合流し、今回の依頼内容を過不足なく伝えて、全員の意見を仰がないといけませんね。エイキのことも心配ですから、早いに越したことはないでしょう。

　ちなみに、カレッツさんが正気を取り戻したのは、退城してからたっぷり三十分近くも経過した後のことでした。

　そのときのカレッツさんの一連の醜態は、レーネさんによって仲間の前で芝居交じりに暴露され、死ぬほどからかわれたのはいうまでもありません。合掌。

　協議というほどのこともなく、『勇者』捜索依頼はあっさり満場一致で受けることになりました。破格の報酬はもとより、王家からの指名依頼を断ることは冒険者として損でしかありませんから、当然といえば当然なのですが。

　とんぼ返りになりますが、善は急げとばかりにカレッツさんが承諾の返事を伝えるために、王城へと戻っていってしまいました。汚名返上ということなのでしょう、すごい気合の入りようでしたね。入りすぎていそうなのが若干気がかりでしたが、責任感の強い彼らしいです。

レーネさんは、またカレッツさんがなにかやらかすだろうと断定して、嬉しそうについていきました。再びからかう気満々のようですね。レーネさんの悪戯好きにも困ったものです。

今回は、ふたりの扱いに慣れているフェレリナさんもフォローのために同行しましたから、あまり酷いことにはならないでしょう。もっとも彼女は人間のお偉方が集まるお城は苦手らしく、やれやれといった感じではありましたが。パーティのお姉さん役も気苦労が絶えませんね。

どちらにせよ、生真面目なカレッツさんのトラウマにならないとよいのですが……そこは何事もないことを祈りましょう。

アイシャさんは王都の観光に出かけましたので、今回の留守番役は私と井芹くんです。

馬車の中で、皆さんの帰りを気長に待つことにします。

「なかなかに強かなものだな、件の女王は」

王城で女王様と面談した状況を話し終えて、返ってきた井芹くんの言葉がそれでした。

「なにがです？」

「……相変わらず、鈍いな斉木は。もう少し相手の言動の裏を読んだほうがいい。まず確認だ、女王は斉木の正体を知っているな？」

「正体、ですか。女王様は、私が〝神の使徒〟を名乗っていたことは知っていますね。指名手配の賞金首を解除してもらうためには、どうしても必要だったもので」

いきなり初対面の人間に「冤罪だから指名手配を取り下げてください」とお願いするのも無理がありましたからね。他言無用を条件に、女王様には正体を明かしました。

整理しますと、今現在で私の職業が『神』であることを知っているのは、井芹くんだけ。〝神の使徒〟と称していたことを知る人物は、発案者の井芹くんと女王様。〝英雄召喚の儀〟で呼ばれた異世界人ということでは、他には三英雄と『青狼のたてがみ』のメンバーくらいですね。あとは召喚の際に居合わせた当時のお城の人たちくらいでしょうか。最初から邪魔者扱いでしたので、覚えている人がいるのかわかりませんが。

「であればだ。〝神の使徒〟の武勇を知っていて、『勇者』と顔見知りでもある斉木に直接相談しないのはなぜだ？　ギルドを通して指名依頼をすれば、わざわざ『勇者』の失踪の情報を冒険者ギルドに教えることにもなる。王家としては失態を隠すため、なるたけ情報漏洩は避けたいはずだ」

「はて。いわれてみますと……そうですよね」

それに、冒険者への依頼に報酬が発生するのは、この異世界では常識です。私個人へのお願いという形でしたら、きっと無償で引き受けていたでしょう。そうすれば、ただでさえ王都復興で資金の必要なこの時期に、金貨三千五百枚分もの巨額の散財は控えられたはずです。

「あ！　私ひとりでは心許ないので、ＳＳランクパーティに依頼したかったとか、そういうことでしょうか？」

「……まったく、お主という馬鹿者は……」

ん？　今、ニュアンス的に貶されませんでしたか？

「斉木で心許なければ、誰なら心強いのだ？　そもそも現状で『青狼のたてがみ』のランクは極秘扱い、ギルド内でも公表すらされておらん。いかな女王とて知る術がなかろうが」

嘆息されちゃいました。そういえば、そうでしたね。

「では、どういう意図で？」

「冒険者であれば、指名依頼はよほどのことがないと断らない。相手が王家となればなおさらな。冒険者と依頼主の関係は、依頼に対する報酬という等価交換で成り立っている。つまり、女王が斉木個人に直接頼めば借りとなるが、冒険者への依頼では対価が伴う正当な取引だけに、貸し借りなしだ。己の支配の及ばぬ者に借りを作るのは、為政者としては避けたいところだろう。さらには仲間の冒険者たちの手前、依頼を断られる心配もなく、一石二鳥というわけだ」

手をぽんっと叩きます。

「おお、なるほど！」

「ではないわ、戯けが。それくらい自分で思い至れ」

即座に後頭部を叩かれました。

「しかも、冒険者と依頼主――本来は対等な関係となるところだが、存外の破格の条件を持ち出されて、逆に感謝までしているのではないか？」

「そういえば……」

思い当たる節はありますね。

ついでに私としましては、事がエイキについてですから、普通に喜んでいましたし。

「ゆえに、強かだといったのだ。『勇者』の捜索という目的遂行と並行し、依頼している立場でありながらも、借りどころか貸しと錯覚させて縁を深められる。さらに、お主に鈴をつけるのにも成功した」

「鈴、ですか？」

「ギルドが放った儂と同じ役目だな。連絡役を理由に、女王直属の騎士が同行するのだろう？」

あ～……そういうことでしたか。私もようやく理解できました。

これもまた一石二鳥の監視役でしたか。女王様といい、冒険者ギルドといい、私ってそんなに監視しないといけないほどの危険人物ですかね？

それはさておき、これらがすべて計算ずくであり……こうして並べ立てられては、たしかにあの女王様は強かと認めざるを得ないようですね。それぐらいでないと、為政者などやっていけないということでしょうか。女王様もまだお若いでしょうに、やり手ですね。

「得心したようだな。とはいえ、相互に実害はない関係だ。もしものときに手痛いしっぺ返しを食わぬよう、そういうものだと心に留めておくといい。だが……あの世間知らずで頼りなげだった小娘が、かくも賢しく成長したものだ」

「え？　井芹くんには女王様と面識が？」

「もう、二十年近く前になるがな。新女王の戴冠式のときに客人として招かれた。あのときは、まだ十三やそこらの小娘で、民の前に立つだけでおろおろと狼狽していたものだがな。歳月の経つのは早いものだ」

さすが生ける伝説。『剣聖』の雷名は二十年前から健在でしたか。

それにしても、あの威風堂々とした女傑のベアトリー女王の少女時代ですか……私にしてみますと、メタボな元王様にヤクザキックを連打しているイメージが強く、おどおどしている姿など想像がつきませんね。

十歳を迎えた娘さんもおられるそうですし、母は強しということでしょうか。それとも、駄目駄目な旦那を持ってしまったがゆえでしょうかね。

「あ、鈴といえば、井芹くんのほうの用事はどうだったのですか？　冒険者ギルドに顔を出したのでしょう？」

「ん？　儂か？　王都支部のギルマスに会ってきた。世間話と、ただの定期連絡だ。あそこは羽振りがよくてな、茶と茶菓子が高級志向で美味い。パーティの皆へと土産に茶菓子をわけてもらったが……さっきひとりで食ってしまった。実に美味であった」

……どうして今それ、わざわざいったんです？　自慢ですか？　自慢ですよね？

「あとは……今回の依頼についてだが、当然ながらギルマスも承知していた。内密に引き続き監視を、などといわれたな。どうも連中、まだ斉木の正体を魔王側かと疑っているらしい。ご苦労なことだ」

その話、お茶菓子よりも後回しなんですね。そちらのほうが重要そうに思えましたが。つまり、冒険者ギルドの皆さんは、まだ私が第四の召喚者という事実すら、掴んでないのですよね。

私としては、ファルティマの都で『青狼のたてがみ』の皆さんに話した時点で、所属先の冒険者ギルドにも伝わっているかと思っていましたが、そうではなかったようです。井芹くんも教えていないようですし。

「前々から思ってはいたのですが、監視対象の私にそういうことを教えたり、私の正体をギルドに内緒にするのはまずくないのですか？」

「うむ、問題ない。冒険者ギルドと冒険者は、あくまで互助関係だからな。外部からは誤解されがちだが、決して冒険者がギルドの下についているわけではない。現にここの坊やたちとて、ギルド連中に斉木の情報を漏らしていないであろう？　たとえ志を同じくするパーティのメンバーであっても、他者のプライベートには安易に踏み込まない——それもまた、価値観の異なる者同士が集い、背中を預ける上では重要なことだ。少なくともこのパーティ内で、斉木の許可なしに余計なことをベラベラ喋る輩はおるまいよ。ここは、どうにもお人好し揃いだからな」

井芹くんが、愉快そうに含み笑いしています。

「そうだったのですね」

納得しました。私もまた、そういった『青狼のたてがみ』の皆さんを気に入っていますしね。

会話が一息ついたそのとき、ちょうど皆さんが帰ってきました。

馬車の中にいましたので、そんなに時間が経っているとは思いませんでしたが、気づくとそれなりに日が陰ってきていますね。

先頭を歩くカレッツさんの肩が落ちているのは、レーネさんの期待通り、またなにかやらかしてしまったのでしょうか。その隣で慰めるフェレリナさんと、からかうレーネさんが対照的です。

途中で路地のほうから戻ってきたアイシャさんも合流し、『青狼のたてがみ』六名が勢揃いしました。

さて。明日はいよいよトランデュートの樹海へ向けて出発ですね。

翌日の夜明けを待ち、私たち『青狼のたてがみ』は、一路トランデュートの樹海を目指すことになりました。

まずはいったん王都を出まして、最寄りの街道の分岐路近く、案内図の設置された場所で待ち合わせのために待機します。

街道を行き交う旅人さんたちを眺めながら待つことしばらく——女王様との連絡役として集合場所に現われたのは、双子の女性騎士のフウカさんでした。

昨日の王城で見かけた略式鎧ではなく、全身が白銀色で統一された完全防備の甲冑姿です。被っている兜の前面が開いていなければ、誰なのかすらわからなかったでしょうね。

ただでさえ厳つい装備ですが、さらに輪をかけて特徴的なのはいくつもの盾で、右前腕の籠手には固定式の小盾、左上腕の肩当てには左半身を覆うほどの半円筒状の大盾が備わっています。中でももっとも目を引くのは、背中に吊るした超大型の分厚い盾ですね。

こちらは有事の際に、両手で正面に構えて使うものでしょうが——なんと、幅で百五十センチ、全長では二メートル近くもあり、女性では背が高めなフウカさんでも、すっぽりと全身を覆ってしまうでしょう。

総重量がどれほどなのか、見た目だけでも重そうですが、慣れているのか彼女は意に介さずに涼しい顔です。さすがは選り抜きの騎士さんといったところでしょうか。

……凛々しいというよりも、物々しいという言葉のほうがしっくりくるような気がしないでもありませんけれど。

それだけでも目立っているのですが、極めつけは彼女の跨る馬でしょう。漆黒の肌と体毛を持った巨馬で、その大きさたるや、平均的な馬の体躯のゆうに三倍ほどもありそうです。ぱっと見でも象くらいのサイズがあり、隣に並ぶ私たちの馬車とあまり大きさが変わりません。

正直なところ、あまりの威容に、皆さん引きに引きまくっていたのですが……口火を切ったのはレーネさんでした。

馬車の後部から身を乗り出し、物珍しそうに馬と彼女を見上げています。

「へ～。フーちゃんってば、もしかして『盾騎士』ってやつ？」

「……フーちゃん？　それはもしや、わたくしのことでしょうか？」

フウカさんは感情の表現に乏しいようで、無表情のまま首だけ傾げました。

「そそ。これからしばらく仲間になるんだから、愛称は必要でしょ。ね？」

必要なんですか？

しかしながら、さすがはパーティの特攻隊長のレーネさんですね。この状況の上、ほぼ初対面の方でも物怖じしていません。こうやって、相手の懐にするりと滑り込む人懐こさは、得難い才能でしょうね。

「理解しました。先ほどの質問は肯定します。わたくしは『盾騎士』です」

「「「おお～」」」

カレッツさんやフェレリナさん、アイシャさんの皆さんから、いっせいに感嘆の声が上がりました。

「あ、やっぱり？　あたいも初めて見たけど、そうじゃないかと思ったんだよね～。これでもかってくらいに盾を背負ってるし」

「恐縮です」

「すっごい立派だけど、この馬の名前はなんてーの？」

「サンドラです。五年ほど相棒を務めている愛馬です。見かけは威圧感がありますが、賢く頼りになるいい仔です」

心なしか、兜から覗くフウカさんの表情が穏やかになりましたね。何気なくサンドラの首筋を撫でる手つきにも、労りを感じます。

「へ～、訓練された馬とはいえ、大人しいもんだなあ」

おっかなびっくりというふうに、カレッツさんがサンドラのたてがみに手を伸ばしていました。

「わずかに精霊の加護も感じるわね。人工飼育ではなく、自然繁殖した野生馬かしら？」

フェレリナさんは瞑目し、お腹のあたりに手を触れています。精霊と親しいエルフの彼女には、また別のものが見えているのかもしれませんね。

「肯定します。仔馬の頃に保護するまで、野で育ちました」

いつの間にか、皆さん警戒心も解けたようで、サンドラを囲み和気藹々としていました。レーネさんなど、ちゃっかり背に乗せてもらっているようです。早くも打ち解けたようで、なによりですね。

そんな中、井芹くんだけは、ひとり気難しい顔をしていました。先ほどから、今晩の献立で悩んでいたみたいですからね。「……馬刺しもありか……？」などと不穏な呟きは、聞こえなかったことにしましょう。なしの方向でお願いします。フウカさんの耳に入っては、怒られてしまいますよ？

それにしても、皆さん……当然のことのように『盾騎士』なるものをご存じだったようですが、どうやら知らないのは私だけだったみたいですね。訊ねる機会を逸した今、この和やかな雰囲気を破って質問するのも恥ずかしいです。

（こう、便利な異世界辞書とか創生できないものですかね？　ないものを創るのは無理でしょうが……）

以前までのひとり旅と違い、これから先でもこういったことは多々ありそうな予感がします。異世界に来てからの勉強を怠(おこた)っていたツケが回ってきたのかもしれません。

ですが現実問題として、異世界事情でわからない事柄が出てくる度に訊(き)いて回るというのも、いい大人としていかがなものでしょう。あまり見栄(みば)えのいいものではありませんよね。なにか、簡単に調(しら)べ物ができる便利な方法でもあるといいのですが……

（あ……そういえば、あのスキルがありましたね）

〈森羅万象(しんらばんしょう)〉――そうでした。私にはこれがありました。

使用法を誤りますと、以前のように頭痛で酷い目に遭(あ)いかねませんから、用心は必要ですが。せっかく思い出しましたので、ここは久しぶりに頼ってみることにしましょう。

（森羅万象さん、『盾騎士』なるものを教えてくださいな……要点だけで、お手柔(てやわ)らかに）

こっそりと脳内で思い巡(めぐ)らせますと、すぐに反応がありました。声に出さなくてもいいのは、〈万物創生〉と同じですね。

『盾騎士。剣士系職業、「騎士」の条件付派生(はせい)職業。主に盾を用いた防御特化型。騎士と同等の騎乗スキルを保持する。固有スキルは〈重量軽減(けいげん)〉〈盾防倍化〉〈自動防御〉〈範囲防御〉の四種。初期取得スキルは〈盾攻撃(シールドアタック)〉〈反発攻撃(カウンター)〉〈受け流し〉の三種。職業派生条件は――』

（――ちょっと待ってください、その辺で！）

　こめかみあたりがぴりぴりしはじめましたので、即座に中断しました。

　このスキル、私に恨みでもあるのか、隙あらば知恵熱と偏頭痛で私の脳細胞を破壊しにきますからね、油断なりません。引き際を見誤りますと、関係ない情報まで怒涛のように延々と頭に詰め込まれ、本気で死ぬ目に遭いますから。やはり一長一短なスキルだけに、乱用は避けるべきですね。

　とりあえず、今回は知りたいことは知れたので、よしとしましょう。

「どうかしたのかしら、タクミくん？　頭痛？　熱はなさそうだけど」

　いきなり背後から声をかけられ、頬にひんやりとした手が添えられました。

　アイシャさんでした。職業柄でしょうか、アイシャさんは普段から足音を潜める癖があるようですから、触れられるまで接近に全然気づきませんでしたね。

「いえいえ、なんでもありませんよ、お気になさらず。少し呆けてしまいまして。陽気に当てられましたかね」

「頭痛薬ならあるけれど……って、タクミくんは神官だから、自分で治せるのでしたね。ふふ」

「ええ、まあ。申し訳ありません。ご心配をおかけしました」

　隅でこそこそしていましたので、アイシャさんに気を使わせてしまったようですね。

合流したての一時は、一緒にいて気まずさを感じたこともありましたが、今では関係も良好です。むしろ、なにかと気遣ってくれているらしく、触れ合いも増えました。これも敬老の精神ですかね、お若いのにできたお嬢さんです。

その後、あらためて一通りの自己紹介も済ませ、私たちはさっそく出発することにしました。フウカさんを加えて一行は七人になり、ずいぶんと賑やかになったものです。

遥か北の地に位置するトランデュートの樹海は、馬車の速足でも十日あまりの距離があります。

ルートとしては、まずは〝神の爪痕〟に沿って北上し、大陸を分断する大渓谷の架け橋たる北の城砦エキレバンを経由します。

ちなみに〝神の爪痕〟とは、最近名付けられた名称で、先日の魔王軍撃退時の名残です。魔物の大軍を消滅――つまりは、あのときのアレによる膨大な熱線で、今なお残る大地が削り取られた痕だったりします。

いまだその正体は解明されていないそうですが、まっすぐに北へと走っているため、今では北に移動するときの道標代わりに役立っているとか。

仕出かした当人としては、なんとも複雑な心境ですね。

大渓谷を抜けた後は、いくつかの町を経由しながら針路をさらに北に取り――トランデュートの樹海に入る前準備のために、最寄りの都市である北の都カランドーレに入るそうです。

どこかで聞いたことがある都市名だと思いましたら、ラミルドさんのアバントス商会の本店がある場所でした。

当初の滞在予定を大幅に超過し、王都の娘さん夫婦のもとで過ごしていたラミルドさんでしたが、王都奪還後しばらくして王都を発たれたので、今ではカランドーレの本店に戻られている頃合いでしょう。カランドーレには準備のため数日滞在するそうですから、挨拶くらいはできそうです。これで、本店に顔を出すというラミルドさんとのかねてからの約束も果たせそうですね。

第二章　北の都と月下に踊(おど)る双面髑髏(そうめんどくろ)

「やあ～、ここが北の都カランドーレですか～」

一週間後、私たち『青狼のたてがみ』の一行の姿は、北の都カランドーレにありました。予定よりもかなり早い日程で、到着することができました。別段、面倒事に巻き込まれることもなく、ここまで実にスムーズな道程でしたね。

こうも順調だったのは、王国騎士のフウカさんと、その愛馬サンドラのおかげでしょう。身分に加え、女王様直筆(じきひつ)による王家公認の通行認可証は効果絶大(ぜつだい)でして、あらゆる施設の検問(けんもん)がほぼフリーパスです。〝行きがたく、来がたき関門エキレバン〟と異名轟(いみょうとどろ)く北の城砦(じょうさい)、普段は通行審査で数日を費(つい)やすということでしたが、黄門様の印籠(いんろう)のごとく平伏(へいふく)されて素通りでした。

そして、馬車の隣を悠然(ゆうぜん)と歩む巨馬サンドラは、その圧倒(あっとう)的な威風ゆえか、並の野獣程度を視界内に寄せつけません。馬なのに威圧スキルでも持っているのではないでしょうかね。

本能的に脅威を感じるのは獣ばかりでもないようで、人である野盗の類も、サンドラの馬上で燦然と輝く王国騎士の白銀の威光の前では怯懦に駆られるらしく、まったくといっていいほど姿を見せることはありませんでした。こちらの異世界に来てから、経験したことのないほどの平穏な馬車旅だったといっていいでしょうね。

そんなわけでして、当初は早くても十日ほどと見越していた旅路でしたが、ずいぶんと予定を繰り上げることができました。フウカさんをつけてくれたベアトリー女王様々ですね。

カランドーレは北の都と称されるだけあり、見るからに素晴らしい都市でした。この異世界ではありがちな城塞都市で、都市の周りは大きな運河を利用した外堀と、高い外壁とで覆われています。

ネネさんのいる教会の総本山であるファルティマの都は、教会施設を除いてほぼ住宅ばかりが集まった都市でした。王都カレドサニアは、住宅と商業建築物が半々だったようなイメージがあります。

それらと比較しますと、カランドーレはほとんど商売のためだけに建造された都市ですね。商店や、それに類する施設の数が半端ではなさそうです。

こちらの地域では、カランドーレは〝水の都〟とも呼ばれているそうですが、実際に見て納得できました。

外の運河は支流を分けて内部にも引き入れられており、都市のいたるところで大小の河が交わり、水路が網の目のように拡がっています。必然的に船による流通が盛んのようで、人の移動でも道路より水路を利用している場合が多そうです。こうしている間にも、穏やかな運河に幾重にも浮かぶ小舟が、優雅に人を運んでいます。

実際に旅行したことはないのですが、かつてテレビで見かけた水の都ベネチアを彷彿させます。実に美しい都ですね。

ただ、いつまでも感動してばかりもいられません。無事に到着して宿を押さえてから、すでに皆さんそれぞれの目的のために都市の方々に散っています。

カレッツさん、レーネさん、フェレリナさんの三人は、真っ先に冒険者ギルドのカランドーレ支所へ向かいました。この地での活動申請と、トランデュートの樹海の情報収集、あわよくばエイキの手掛かりを得るためです。

やはり冒険者にとって、初めての地を訪れた際はまず冒険者ギルドに向かうのが基本のようですね。私も一応は冒険者志望だけに、こういったことはおいおい覚えていかないといけませんね。

アイシャさんと井芹くんは、単独行動です。ふたりともこの都市は初めてではないそうで、独自の情報網で当たってみるとか。ついでに、食事担当の井芹くんは買い出しもあります。

フウカさんは、役所へと向かいました。この規模の都市ともなりますと、他の町村にあるような一建築物の役所ではなく、かなり大きな集合施設があるようで、そちらの責任者に来訪の報告に出向いたようです。女王様の命で公務として活動しているため、正規の手続きがあるとかで、そこら辺は公務員（？）さんは大変ですよね。

あとは、いつもの〈共感〉スキルによる定時報告でしょうか。これまでの道中でも、時折、瞑想しながら何事か呟いている様子を何度も見かけましたから。

それで私はといいますと、時間を貰い、ラミルドさんのアバントス商会本店の所在地を訪ね歩いているところです。

私事半分ではありますが、もう半分はエイキについてのなんらかの情報を得られないかと期待しています。なにせ、名うての豪商であるラミルドさんのところでしたら、商売柄さまざまな情報が集まっていることでしょう。我ながら少々図々しいですが、少しでも情報を得たい身としましては、頼らない手はありません。もちろん、女王様に充分な準備金はいただいていますから、正当な情報料は支払う方向ですよ、念のため。

かくも広大な都市だけに、いかに大きいとはいえ一商家であるアバントス商会を探し当てるのは骨かと思われましたが、意外にもあっさりと見つけることができました。

といいますか……なんといえばよいのやら。かの商会を単なる商店と同等に考えた私が浅はかでしたね。アバントス商会は、余所者の私でも一目でわかるほどの一等地、都市のど真ん中に店を構える大店でした。どうりで、行く先々で訊ねた住民の方々が、その所在を知っていたはずです。

いざ、店舗を目の前にしますと、その格式の高さに圧倒されます。王都の支店も驚くほどの大店でしたが、それでもこの本店とは規模からして比べものになりませんね。見上げる建物がまるで王城の離宮のようです。度肝を抜かれてしまいますよ。

どういう区分けかわかりませんが、出入口が等間隔にいくつも並んでいるのが見受けられます。おそらくは、扱う商品ごとに区画化されているのでしょうが……

（どこから入りましょうか？　とりあえず、正面のやつにしますかね）

見分けがつかないのですから、悩むだけ時間の無駄というものですよね。

手近な入口の前に移動してみます。入店するだけでも、いささか緊張してしまいますね。

「「「いらっしゃいませー！　アバントス商会本店へようこそー！」」」

魔道具でしょうか、まんま自動ドアな入口を潜りますと、間髪を容れずに店員さんたちの声に出迎えられました。

店内は実に煌びやかで、貴金属をはじめとしたいかにもな高級品の数々がショーケースに陳列されています。一見してこの区画は、富裕層向けの商品を扱っているようですね。

「これはこれは。ようこそお越しくださいまし、た……？」

にこやかな営業スマイルを浮かべ、揉み手で寄ってきた店員さんの手と足が同時に止まりました。

瞬間的に私を上から下まで一瞥し、やや眉をひそめています。

「……失礼ですが、どちらの貴族様の使いで？」

「申し訳ありません。客ではないのですが……」

私がそう述べますと、店員さんの笑顔が凍りつき、あからさまに態度が一変しました。

「はあ？　では、何用で？」

「私は名をタクミと申します。ラミルドさんにお会いしたくてお伺いしたのですが……お取次ぎ願えますか？」

「大旦那様に、ですか？　……あなたはお若く見えますが、失礼ながら大旦那様とはどのようなご関係で？」

関係ですか……そうですね。あらためて訊ねられますと、即答するのもなかなか難しいものではありますね。どう答えるといいでしょうか。

一番近いのは――

「う～ん、知人？　いえ、友人……になるのでしょうか」

「友人？　大旦那様と？　あなたがあ？　はっ！」

鼻で笑われてしまいました。

「以前に王都への道中で、偶然ご一緒することになりまして。その後も何度かご縁があり、こちらの都を訪れた際には、是非、顔を出すようにと……」

「そうでしたか！　なるほど、よく理解しました。そのまましばらく、お待ちいただけますでしょうか？　すぐにお呼びいたします」

一転して、また愛想がよくなりました。

「そうですか。ありがとうございます」

見かけによらず、意外に理解のある店員さんで助かりましたね。

あまりに胡散臭そうな目で見られていましたから、通報でもされるかと思いましたよ。人を見かけだけで判断するのはよくありませんね。反省です。

数分も待たずして、どやどやと三〜四人の制服姿の方々が入店してきました。

「おや？」

どういうわけか、そのまま背後から両脇を抱えられました。

この制服には見覚えがあります。レナンくんが着ていた服と同じ物ですよね。ということは、この方々はここ北の都カランドーレの役人さんなのでしょうか。

……ふぅむ、なぜに私はその役人さんたちに羽交い締めにされているのでしょうね？

「これはいったい？　ラミルドさんは？」

眼前に勝ち誇った顔で立ちはだかるのは、先ほどの店員さんです。

「ときどきいるんだよ、おまえのような卑しい輩が。どこで大旦那様のことを耳にしたか知らんが、こうして押しかけて金品でもせびろうとか、そういう腹積もりだったんだろう?」

「いえいえ、まさか。違いますよ、誤解です。ラミルドさんに会わせてもらえれば、わかりますから」

「では、おおかた社交辞令でも真に受けたか? 大旦那様は酔狂なお人で、下賤な者にも気さくに声をかけられることがあるからな。どちらにせよ、店にとってはいい迷惑だ。ここはおまえのような、みすぼらしい輩が来ていい場所じゃない! 立派な営業妨害だ。さあ、お役人さん方、とっとと連れていってくれ!」

「はっ、都市の治安保全にご協力感謝します。ほら、こい!」

役人さんたちにずるずると引きずられていきます。

なにか、ノラードの町でのデジャヴを感じさせますね。『青狼のたてがみ』の皆さんと別れて単独行動を取った途端にこれですか。私って、そんなに犯罪者面をしているのでしょうかね。

ううーん。あまり道草を食っている時間はないのですが……困りました。

役人さんたちに連行されたのは、最寄りの小さな建物でした。

外観は一軒家ふうの佇まいで、どうやら役所の出張所——平たくいいますと、交番といったところでしょうか。

建物奥の取調室らしき別室に連れ込まれ、軽い事情聴取を受けることになりました。

「——以上だな。うむ、どうやら悪巧みの意図があってのことじゃないようだな。あんたも運が悪かったな、アバントス商会のあいつは最近なんだかんだと呼びつけてくる常連でね。営業妨害だからなんとかしろといわれちゃあ、こっちも仕事だから無下にもできんのさ。あんたにゃあ悪いが、これも規則でね。今夜は一晩牢で過ごして、明日の朝には解放してやるから」

白髪が交じりはじめた年配の役人さんから、若干困り顔でそう告げられました。

まいりましたね。一言に一晩といわれましても、『青狼のたてがみ』の皆さんにはまともに行き先も告げずに出かけてきてしまいましたので、心配をかけてしまうかもしれません。せめて置手紙でも残すべきでしたが、あとの祭りですね。ちょっと出かけて話をするだけのつもりが、よもやこのようなことになってしまうとは。

とはいえ、すでに誤解は解けているようですし、明日には戻れるみたいですので、不用意に反抗して騒ぎが大きくなることは避けたいですね。どちらにせよ皆さんにご迷惑をかけてしまうのでしたら、より小さいほうがマシでしょう。

私はそう判断して諦め、促されるままに牢に向かうことにしました。

牢は建物の地下部分――いわゆる地下室になっていました。採光窓もないのか、まだ日中にもかかわらず、かなり薄暗くひんやりしています。

室内は鉄格子でいくつかの小部屋に区切られており、中央の通路を挟んで左右に三室ずつ、計六部屋で構成されていました。

まだ暗がりに目が慣れていないのか、あまり奥まで見通せませんが、数人の先客がいるようで、微かに息遣いが聞こえますね。

「ここに入っていろ」

隅の牢に入れられ、役人さんは扉に鍵をかけますと、一階に戻っていってしまいました。

ぼんやりと目の前の閉ざされた鉄格子を眺めます。つい先々月まで、結構な時間を牢で過ごしていたせいでしょうか、なぜか落ち着く気がしないでもありませんね。レナンくんはお元気でしょうか。

「へい。どーした、新人のにーさんよ？　黄昏ちまってさ」

お隣の雑居房から声をかけられました。

薄暗闇に目を凝らしますと、鉄格子の向こうに、ふたり組の男性の姿が見受けられました。

「これはどうも。いえね、牢屋の中も久しぶりだなーと思いまして」

「おお、なんだ。そんな無害そうな形しといて常習かよ？」

「見えねーよ。げはは！」

密閉空間に、ふたりの哄笑が反響します。

「んで、にーさん。前はなにやったんだよ？」

「なにかやったというわけではないのですが……賞金首として指名手配されまして」

なにかやったどころか冤罪ですし。なにもやっていません。

「へえ……人は見かけによらねえなあ。で、罪状は？」

「大量殺人による国家反逆罪です」

「「マジかよ」」

違いますよ？

「もちろん、冤――」

「そういや、こいつの面！　俺、手配書で見たことあんぞ⁉　そうそう、こんな面だった！」

「ですから、冤――」

「ひゃあ～～！　んな重罪かましといて、なにかやったというわけではないってか！　俺ら、とんだ有名人に会っちまったなあ、おい！」

「…………」

　やいのやいの盛り上がっていて、こちらのいい分をこれっぽっちも聞いてくれませんね。この様子では、手配書が取り下げられたことも知らなそうです。まあ、無理に聞いてもらわなくてもいいですが。

「でよ。にーさん、今度はなにやったんだよ？」

「俺らもう三日ばかし、こんな場所に押し込められて暇なんだよ。俺らに話してみ？　な？」

　ふたりとも娯楽に飢えているのか、私は格好の暇潰しの材料のようですね。こんな暗いだけの地下で何日も過ごしていては、仕方ないのかもしれませんが。

　私自身もこれといってやることはありませんし、話ぐらいは付き合いましょうか。

「アバントス商会の代表に挨拶に出向いたのですが、いきなり正面から行ったのがまずかったのか、通報されたようでして」

「おおっ！　正面切って挨拶たあ、痺れるねえ。さすがに大胆だな、にーさん！　でもよ、あの大店だぜ？　腕に自信があんのかもしれんが、そりゃ馬鹿正直に真正面から乗り込んだら、即捕まってもしゃあねーわな！」

「んだな！　いくらなんでもそりゃないぜ。んな大物相手なら、裏からこっそり行かんと！　げははははっ！」

ふたりが再び声を合わせて、大笑いしています。

……なにやら会話に、齟齬を感じないでもないですが。

「ん？　そういや、アバントス商会の代表っていやあ……あの計画、そろそろじゃねえか？」

「ああ、あれか。ここにぶち込まれてから日時の感覚なくて、すっかり忘れてたぜ」

「計画？」

なにやら穏やかではない響きですね。

「なんです、計画って？」

問いかけますと、ふたりが顔を見合わせました。

「ああ～、これ他言無用とかいわれてたやつだったな、どうすんべ？」

「このにーさんなら、問題ねーんじゃあ？　同じ犯罪者で、あの代表に恨みもあるみてーだし」

ラミルドさんに恨みなどないですが、その不穏そうな内容はおおいに気になります。

なにか、よからぬ企みなどではないでしょうね。もしそうでしたら、それはいけません。必ず阻止しませんと！

「教えてください！　是非にも！」

「うお!?　いきなり大声出すな、ビビんだろ！　ビビッてねーけど！」

「そんなことといいですから、詳しく！」

我ながらよほどの剣幕だったようでして、たじろいだふたりがまた顔を見合わせました。

「……こんな興奮するくらいだから、よっぽど深い因縁なんだろ。ま、構わないんじゃねーの？」

「んだな。恨みがある奴なら大歓迎つってたし」

地下牢には私たち以外いませんでしたが、ふたりは鉄格子越しに距離を詰めて、声を潜めました。

「……すまねーな、にーさん。もったいぶってなんだが、実は俺らも詳しい内容は知らんのよ。ただよ、仲間内で出回っている話では、アバントス商会の代表に恨みを持つ者らを集めてるよーでよ？」

「んだんだ、夜にでも冒険者ギルドの〝レノルド〟って野郎を訪ねてみな。期限はもう少しあったはずだから、まだ間に合うんでねえか？」

冒険者ギルドのレノルドさんですね。

胡散臭さがぷんぷん臭います。これは放置していい案件ではなさそうです。根拠はないですが、私の勘が物凄い警告音を発しています。

ただし、ここに来て問題が。

「なんにせよ、にーさんがここから出られたらの話だけどよ？」

「んだな」

「ですよねえ……」

（そうでした。私は明日までここから出られないのでした）

ですが、背に腹は代えられません。事は緊急、他ならぬラミルドさんのことです。ここは、いつもの手で――

鉄格子に両手をかけたと同時に、階上へ続く階段のドアが開きました。


牢に戻ってきた役人さんに次に連れていかれたのは、一階の役所の一室でした。先ほどの取調室や面会室などでもなく、どうやら一般的な応接室のようです。

そこには数人の役人さんに囲まれて、見知った顔ふたりが待ち構えており、私が入室した途端、そのうちのひとり――青い顔をしたラミルドさんが、突撃せんばかりの勢いで迫ってきました。

「申し訳ないことをした、タクミさん！　わたしの管理不行き届きなばかりに、タクミさんをこのような目に――こら、おまえも謝らぬか！」

胸倉を掴まれて強引に頭を下げさせられているのは、残るひとり――先ほどお店で出会った店員さんでした。伏せた顔の目の周りがパンダのようになっていますね。

「このタクミさんはな、わたしの命を二度も救ってくださった恩人なのだぞ!?　その大恩ある人にこのような無礼を――わたしの顔に泥を塗る程度のことではないぞ！」

今度は激昂し、ラミルドさんの顔色が青から赤に変わります。

力任せにぐいぐい頭を押さえつけているものですから、店員さんの頭が床に激突しそうなほどになっています。

「待ってください、ラミルドさん。事前の連絡なしに突然押しかけた私にも非はあるのですから、そのくらいで。落ち着いてください、お孫さんに見せられないような顔になっていますよ？」

まあ、いきなり通報されるとまでは思いませんでしたが。

なんにしても、ラミルドさんは興奮しすぎです。お孫さんを出したのは覿面だったようですね。どうにか宥めることに成功したらしく、ラミルドさんは呼吸を整えて、乱れた着衣を直していました。

「ごほんっ。商人であるわたしとしたことが、つい取り乱してしまいましたな。ですが、孫を持ち出すとはタクミさんも意地が悪い。ただでさえ王都から戻ってこっち、禁断症状に陥っているというのに」

「ははっ、それは申し訳ありませんでした」

ようやくラミルドさんもいつもの調子に戻りました。爺馬鹿ぶりは健在のようですね。

「――そういうわけで、役人方。こちらの勘違いでお手数をおかけした。すまんが、通報は取り下げる。ここはアバントス商会のわたしの顔を立てて、穏便にすませてはもらえないだろうか？」

「……仕方ありませんね。もとより事件性は確認されていませんから、お知り合いということでしたら、なおのこと問題ありませんよ。タクミさんでしたっけ、あんたも釈放ですから、もう戻られても構いませんよ。あと、アバントス商会さん、よろしければ次回からは安易に通報するのではなく、委細吟味の上でお願いしますね」

最後は誰に向けていったのか、部屋に居合わせた役人さんたちは退室していきました。

「タクミさんに大事がないようで、ほっとしました。ちょうど出かけていた私と入れ違いになってしまいましてな。早く気づいてよかった、うっ」

両手で握手してきたラミルドさんの眉がややひそめられます。

ラミルドさんの右手を見ますと、拳の部分が赤く腫れ上がっていました。店員さんを殴ったときに痛めたのでしょう。

「……怪我していますね。ちょっと失礼しまして――ヒーリング」

「おおっ」

瞬く間に傷が癒えます。救急箱より便利ですね、ヒーリング。

「あなたも。ヒーリング」

まだ首根っこを掴まれたままの店員さんのパンダ痕も治しておきます。

「あなたにもご迷惑をおかけしました。商売の邪魔をしてしまい、申し訳ありませんでした」

頭を下げて謝りますと、それまでずっと憎々しげに睨まれていた視線が、一瞬驚きに満ちました。

「タクミさん、なんとも寛大な……ありがとうございます。感謝の念に堪えません。もうおまえはいいから、先に店に戻っておれ。わたしはもう少しタクミさんと話してから戻る」

解放された店員さんは、ふらふらした足取りでドアまで歩き——ノブに手をかけた体勢で、くるりとこちらに振り向きました。

「大旦那様！　恩人かなにか知りませんが、このような平民相手に下手に出ることもないでしょう！　身分に相応しきお付き合いを推奨しますぞ！」

「なんだと⁉」

「失礼いたします！」

身を乗り出したラミルドさんから逃れるように、店員さんは手荒くドアを閉めて走り去ってしまいました。

なんとも、耳が痛い捨て台詞でしたね。

「重ね重ねすみません、タクミさん。あやつには、あとでまた厳しく叱っておきますので……」

「まあまあ。彼には彼の考えや言い分もあるのでしょう。もし叱るにしても、少なくとも今度は言葉でお願いしますね？」

「いやはや、お恥ずかしい。年甲斐もなく頭に血が昇ってしまいましてな」

私がぞんざいに扱われたことにここまで怒ってもらえるのも、なにやら気恥ずかしいものがありますね。

「実のところ、タクミさんにそういっていただけるのはありがたいのです。あやつはフブタと申す者でして……わたしが昔から懇意にしていた故人の甥っ子でしてな。以前は『王家御用達』の看板を掲げ、貴族相手に商いを営んできたせいか、平民を卑下する傾向がありましてな。商会の恥を晒してしまいますが、雇い入れてから一ヶ月――常日頃からそこを厳しくいいつけておるのですが、増長した性格の矯正にはまだまだ至らぬようでして」

あの店員さん、名前をフブタさんというのですか。

たしかに、いの一番にどこの貴族所縁の者であるか確認されましたね。そういうことでしたか。

「そのフブタさんは、どうしてその商いをやめられたので？」

「……金看板頼りに、真っ当な商売を怠ってきたツケが回ったのでしょうな。メタボーニ王――前王でしたか。前王の時代、『王家御用達』の看板は金で買えるものでした。こういってはなんですが、貴族は体面で買い物をする方が多くてですな。見栄えする肩書さえあれば、貴人相手の商売というものは十二分に成り立つものなのです。それが、今度のべアトリー女王に体制が変わり……例のごとく、権利を得ようと賄賂を贈ったところ、その行為が女王様の逆鱗に触れましてな。看板に頼り切った商売人が、その看板を失うとどうなるか……呆気ないものですよ。それで路頭に迷いかけているところを、このわたしが昔馴染みの縁で拾い上げたのです」

「そうでしたか……」

ある意味、これも私のせいなのかもしれませんね。

機会均等は推奨されるものでしょうが、それで被害を被ることになった方が必ずいるはずです。内情を知られれば、フブタさんからもますます恨めしく思われてしまうでしょうね。

「なに、タクミさん。商人たる者、それもこれも自己責任、自業自得です。景気の悪い話はこのへんでやめましょう。たとえ話でも、景気の良し悪しは商売に影響しそうで縁起でもありませんからな。それで、此度はどうして遠路はるばるカランドーレまで？　まさか、わたしに会うためだけとはいわれますまい？」

「ああ、そうでした」

すっかり当初の目的を忘れていましたね。

私が冒険者パーティのサポートメンバーになったこと、『勇者』の情報を集めていることを説明しました。

もちろん『勇者』については行方知れずの内容は伏せ、あくまで居所を追う依頼ということで。

「ほお、それはそれは。わたしを頼っていただいて正解ですよ、タクミさん。わたしもこのカランドーレでは、ちょっとは名の知られた商売人。その沽券にかけても、お望みの情報を集めてみせましょう！　これで大恩の借りが完済できるとも思えませんが、わずかばかりの返済にはなるでしょう。大船に乗った気で任せていただきたい！　はっはっはっ！」

ラミルドさんが誇らしげに胸を叩いています。なんとも頼もしいですね。

「助かります。ですが、ひとつだけ。これはラミルドさんが借りを返すのではなく、今度は私の借りになるでしょう？　かつての道中で命を救った貸しというのは、以前にすでに返してもらっていますから」

かつて、ラミルドさんの馬車に同乗し、王都まで連れて行ってもらいました。許可証なしには王都に入れないことも知らなかった私が無事に入都することができたのも、ラミルドさんのおかげです。

さらには、今またこうして釈放されるのも、ラミルドさんの口添えのおかげ。となりますと、借りということでは、むしろ私のほうが多いはずです。

「いえいえ、なにを仰りますか。一度目の借りは、些細すぎてかなり不本意でしたが、相殺したとしましょう。それでも二度目に命を救ってもらった借りは、そうはいきませんぞ！　なにせ、わたしはおろか、娘夫婦に初孫、王都支店の従業員一同、なんといっても初孫の命まで助けてもらったのですから、並大抵で返せるような恩義ではありませんよ！」

お孫さんが二回出ましたね。あの溺愛ぶりですから、気持ちはわかります。今回の北の都カランドーレへの帰参も、もしやお孫さんまで連れ帰るのでは――と、娘さん夫婦から危ぶまれていたそうですし。

ただ……これだけは引っかかりますね。

「二度目に命を救ったとは、なんのことでしょう？　身に覚えがないのですが？」

「なにを仰る、タクミさん。ついこの間、魔王軍が王都へ攻め入ったときに、魔王軍を追い払ってくれたではありませんか！　避難していた王城で過ごしていた期間――娘らとども、寄り添い励まし合いながらも、外の魔物の雄叫びが聞こえるたびに、生きた心地はしませんでしたぞ？　あの救援の報がもたらされたときに見た光明――いかほどであったことか！」

「ですが、それは――」

「おおっと、わたしを侮らないでいただきたいですな。タクミさんの名が表に出ていないのは知っています。しかし、関係がないとはいわせませんぞ？　スキル〈先見の明〉だけではなく、このわたしの勘がそう申しているのです。我らの窮地を救ったのは、紛れもなくタクミさんであると。違いますかな？」

ラミルドさんの目がきらーんと光ります。

確信を超えた絶対信ですね、これは。言葉でどう誤魔化そうとしても、納得してくれそうにありません。まいりました。

「う～ん。すみませんが、ノーコメントということで」

「……いいでしょう。タクミさんにも事情があるのは心得ています。商人たるもの引き際の見極めが肝心、過度に踏み込まないものです。なぁに、タクミさんが気に病む必要はありません。わたしが自身で勝手にそう信じ、納得しているのですから、それでよいではないですか。はっはっはっ！　――というわけで、此度の件でも、是非とも尽力させていただきますよ？」

こと交渉術で、海千山千のラミルドさんには、まったく及びませんね。ここは素直に感謝しておきましょう。

「身に覚えはありませんが、お言葉に甘えさせてもらいます。よろしくお願いしますね」

固い握手を交わしました。

結果的に、快く協力を得られてなによりです。

一安心したところで……そうなってきますと、先ほどの地下での会話が気になりますね。

「ときに、ラミルドさん。最近、周辺でおかしな事態などありませんか？　いいにくいのですが……他人の恨みを買って狙われるなど」

「ふむ。恨みですか……これはまた唐突ですな。さて、周辺は相変わらず物騒といえますな。商売という特質上、わたしが益を得れば損をする者もいる。恨みや逆恨みなど、日常茶飯事ですよ。お恥ずかしながら、身辺警護は欠かせぬ身の上ですな。今も外に腕利きの護衛を十人ほど待たせております。それがなにか？」

「なるほど、そうですか……報復など、そういった類の話を小耳に挟みまして、ご注意されたほうがよろしいかと思った次第でして」

「なに、それこそ話の種には尽きませんな。ご忠告ありがとうございます。ですが、備えは万全。ご心配には及びませんよ。はっはっはっ！」

おぼろげながら想像はついていましたが、よほど波乱万丈な人生を歩まれてきたのでしょうね。商売人とは、かくあるべきものなのでしょうか。恐るべしです。

こちらとしましても、まだ聞きかじっただけですし、確証もなにもない段階で騒ぎ立てるべきではないのかもしれません。

ただ、そうして今、仮に見過ごしたとして、後にラミルドさんが大事に至るようなことでもあれば、後悔してもしきれません。

ここは、私にできる範囲だけでも、事前に手は打っておくべきでしょうね。貸し借りなど関係ありません。

（冒険者ギルドのレノルドさんという方を訪ねろ……でしたね）

これは完全な私事ですから、『青狼のたてがみ』の他の方々を巻き込むわけにはいきませんね。単独で内密に行動するべきでしょう。

ただ、カランドーレの冒険者ギルドには、カレッツさんたちが『勇者』の情報を求めて出入りしているはずですから、鉢合わせする危険や、話が伝わってしまう可能性がありますね。

となりますと、変装するのが手っ取り早いかもしれませんね。変装といえば、やはりアレですよね。最近はすっかりご無沙汰になっていましたが。

そうと決まりましたら、都市に滞在できる日数も限られている以上、今夜にでもこっそり行動を開始することにしましょう。

北の都カランドーレの冒険者ギルドは、一言で表して健全でした。

酒場が併設されているのはスタンダードなのでしょうが、これまで訪れたことのある他のギルドでは、殺伐とした空気が漂うか、喧騒に満ちた賑やかな空間かのいずれかだったのですが、ここは少し毛色が違うようですね。なんといいますか、全体的に落ち着いた趣があります。

アルコールが振る舞われる場ですから、騒がしいのは騒がしいのですが、度を越して馬鹿騒ぎする人はいないようです。酔っ払った喧嘩っ早い冒険者さん同士による、ちょとした小競り合いくらいは他のところではお馴染みの風景でしたが、それもほとんど見かけません。

冒険者ギルド側の管理指導が徹底しているということでしょうか。数多点在するギルドの中には力を持つ支所もあると聞いてはいましたが、このカランドーレ支所もそのひとつなのかもしれませんね。あまり騒々しいのは苦手な性質ですから、これぐらいがちょうどいいかもしれません。

冒険者ギルドの戸口に立ち、店内を見回します。

外観の規模からも察していたのですが、中はかなりの広さがありますね。深夜前の遅めの時間帯ではあるものの、来客はまだまだ多いようで混雑していました。

「お忙しいところ、すみません。ひとつお訊ねしたいのですが？」

テーブルと客の隙間を縫うように、忙しそうに給仕をするウェイトレスのお嬢さんに声をかけました。

ギルド内では人手が足りず、ラレント支所のキャサリーさんのように、ギルドの受付に給仕役、果てはコックまで務める職員さんも多いみたいですが、こちらでは専用の人員を雇っているようですね。それだけ、ギルドとしての羽振(はぶ)りがいいのが窺(うかが)えます。

「はいっ！　なんでしょうか？」

元気よく振り返ったウェイトレスさんと向かい合わせになった瞬間、彼女の全身が硬直しました。

小さく「ひっ」というしゃくり声の後に膝から崩(くず)れ、手にしていた空(から)のトレイが大きな音を立てて足元に落ち、くわんくわんと床で回転しています。

（そんなに驚かなくても）

気づきますと、店内が静まり返り、多くの注目を浴(あ)びてしまっていました。

なるたけ目立たないようにしていたつもりでしたが、失敗しましたね。慌(あわ)ただしくしているところにいきなり声をかけてしまっては、それは驚きますよね。もう少し、声を抑(おさ)えて話しかけるべきだったかもしれません。

「まさか……こんなところにまで、あの噂(うわさ)の髑髏仮面(スカルマスク)が……」

「本物？」

「じゃなければ被(かぶ)んねぇだろ……あんな趣味悪いの」

「でもなんで、ふたりいんの？」

周囲から、しきりにひそひそ話が聞こえます。

「……やはり、余所者はどうしても目立ってしまうようですね」

「余所者ばかりが理由ではなかろう。これではな」

お隣と顔を見合わせます。

顔といいましても、お互いに髑髏のマスクを被っていますので、骸骨と見つめ合っているようでなんでしたが。

「だから、儂はこんなもの嫌だといったのだ」

「まあまあ、でも最後は納得してくれたじゃないですか。井芹くんは有名人なんですから、冒険者ギルドで素顔はまずいでしょう？　一応、井芹くんの意を汲み、色違いにしましたし」

「こういうのは汲んだとはいわん」

井芹くんのつけたマスクは、髑髏のデザインそのままに、色を金色の対の銀色にしてみました。

名づけて――

「ふ～む。〝黄金〟に対抗し、〝白銀〟など、どうでしょう？」

「呼び名の問題ではない」

どよどよ。

〝白銀の髑髏仮面〟という呟きが、さざ波のように広がっていきます。

「無理やりついてきたにしては、注文が多くないですか?」

どうして、井芹くんまでこうして変装して同行しているかといいますと……

あれは先刻、夜更けにこっそりと宿屋を抜け出し、冒険者ギルドに向かおうとしたときでした。部屋を出るところで同室の井芹くんに見つかり、事情を洗いざらい吐かされた上、「暇だから連れて行け」と強要されました。

『青狼のたてがみ』に加わってから、井芹くんはずっと子供に扮していますので、戦闘行為に加わることもありません。近頃は「暴れないと身体が鈍る」とぼやいていましたから、気持ちはわからないでもないのですが。

私事に巻き込むのは申し訳ない——という気持ちは、正直なところ井芹くんに対してはまったく起きませんが、別の心配事として井芹くんの取る手段はたいてい大雑把ですので、些事が大事に発展しそうな気がしないでもありません。

一時は丁重にお断りしたのですが——今後の食事を人質に脅迫されては、嫌と断じられませんでした。なんと悪逆非道なのでしょう。同級生相手に容赦ないですね。

とまあ、そんなわけでして。

わざわざこうして、井芹くんの分のマスクまで創生したわけです。評価はいまいちですが。

「おうおうっ！　そこのてめえら！」

人波をかき分けて、大柄で筋肉質な男が近づいてきました。

はだけた胸元のはち切れんばかりに張った胸筋に、太い四肢。ぼきぼきと鳴らす拳には、物凄く硬そうな拳ダコができていますね。

「少しばかり名が売れているからといっていい気になるなよ!? この俺様こそ、カランドーレ支所のトップランカーの一員、Aランクに最も近いと噂されるBランカー！　人呼んで〝稲妻の剛拳士〟――ラッシェぶふっ！」

台詞半ばに、井芹くんの放った見事なアッパーカットで、男が天井に突き刺さりました。

にわかに周囲がどよめきます。

「早いところ用件を済ませるぞ。こういった馬鹿が増える」

「そうでしたね」

こんなところで、四方山話をしている場合ではありませんでした。

「それで、お嬢さん。私どもは、こちらのギルドに所属する〝レノルド〟なる人物を捜しているのですが、どちらにいらっしゃいますか？」

床にへたり込んでいたウェイトレスのお嬢さんに手を貸します。

「……レ、レノルドさん……ですか？　それでしたら、あちらの……ギ、ギルドの受付カウンターのほうに……」

指差す先——奥まった場所には、銀行の受付窓口に似た受付カウンターが並んでいますね。

「どうもありがとうございます」

「行くぞ」

ウェイトレスのお嬢さんに礼を述べてから、先頭切って歩き出す井芹くんの後に続きました。

道すがらの皆さんが、私たちに道を譲ってくれます。どなたも親切なことですね。

受付に到着しますと、カウンターの向こう側では痩身の男性職員が、顔を引きつらせて立っていました。その背後では、座っていたと思しき椅子が倒れてしまっています。

「わ、わたくしになにか、ご用でしょうか……？」

この分ですと、先ほどの話が聞こえていたようですね。ということは、この方が件のレノルドさんなのでしょう。

カウンターを挟んで対峙したまま、しばしの時が流れます。

……よくよく考えましたら、この後なんと切り出すべきでしょうね。ずばり、「ラミルドさんになにか悪巧みを？」と訊いてもいいものでしょうか。それで素直に話す人がいるとも思えませんよね。肝心なそこら辺の作戦を、全然練っていませんでした。

「おい。美味い儲け話があると聞いてきたんだが……アバントス商会の。わかんだろ？」

私を脇に押し退けて、代わって井芹くんがいいました。

私のほうにちらりと首を捻ったのは、おそらく「任せろ」との目配せでもしたのでしょうが、無表情な髑髏のせいでまったくわかりませんでした。

「な、なんだ。あんたら、そういうわけかよ。驚かせんなよな」

井芹くんの台詞を聞いた途端、レノルドさんはあからさまに安堵したようでした。

私たちを別の用件のなにかと勘違いしたのですかね。怯えるほど、いろいろと後ろ暗いことでもあるのでしょうか。

「そーいうこった。金になると聞いて、遠路はるばるこうしてやって来たんだぜ？」

それにしても、見事なダミ声ですね、井芹くん。普段からは想像もつかない声音です。髑髏な見かけも相まって、いかにも悪人っぽいですね。なにより、本人がノリノリです。

日頃の子供のふりといい、芸人の素質か物真似スキルでもあるのではないでしょうか。呆れるほどに多才ですね。

「ちょっと待ってろ。依頼書を取ってくる」

レノルドさんはカウンターの席を離れ、奥の別室に足早に消えていきました。

「依頼書……ということは〝裏依頼〟か」

「裏依頼？　なんです、それ？」

「復讐や報復、殺しに始まり、犯罪代行といった類の依頼だ」

「ええ⁉　冒険者ってそんな依頼も受けるんですか⁉」

「しっ。声が大きい。当然ながら正規には認められていない。だから〝裏〟依頼だ。依頼を偽装し、顔合わせの段階で本当の依頼内容を明かすというのが常套だな。大抵は間に裏稼業の仲介人が入る。依頼主に代わって裏の仕事を受けそうな冒険者かを見極め、駄目そうなら体よく断り、いけそうなら持ちかけるという寸法だ。面接のようなものだな。依頼難度に対し、報酬が高額なものは疑わしい。わかる奴にはすぐにわかる。それを専門に請け負っている冒険者もいるほどだからな」

「そんなものが……」

　それ自体は制度を悪用した悲しいことではありますが、一方で冒険者全体ではないということで安心しました。

　依頼という名のもとに、よもやカレッツさんたちまでそのような非人道的なことを行なう場合があるのかと。あの方々に限って、そのようなことはありませんよね。

「では、あのレノルドさんも直接は無関係ということですか？」

「それはないだろう。奴は裏依頼と知っているようだった。知っていて依頼として受諾するのは、ギルド職員として第一級懲罰事項だ。あの分では、奴がこのギルドの裏依頼の窓口となっている可能性があるな」

思い起こしますと、以前にラミルドさんを襲撃した『闇夜の梟』のお仲間に、ここカランドーレのギルド職員がいたという話でしたね。その人は、すでに処罰されたということでしたが。

この支所くらいに冒険者ギルドも大きくなりますと、よからぬ考えを持つ者も出やすいということでしょうか。嘆かわしいことですね。

「告発したほうがいいでしょうか？」

「今は捨て置け。本来の目的が先だろう」

「ですね。まずはそうしておきましょう」

そうこうしている内に、レノルドさんが一枚の依頼書を片手に戻ってきました。

「待たせたな。だが、この依頼はちょうど今日の昼で期限切れだ。残念だったな」

カウンターの上に置かれた依頼書の内容を覗き見ようとしたのですが、すぐに隠されてしまいました。

期限切れにもかかわらず、興味を示すかどうか——反応を試した感がありますね。こちらの目的について、訝られているのでしょうか。

相手も悪いことをしている自覚はあるでしょうから、用心していても不思議ではありませんね。

「……仕方ないですね。諦めて帰りましょう」

私は井芹くんの腕を取り、そそくさとギルドの外まで連れ出しました。

「よかったのか？　唯一の手がかりだったろう？　それとも、奴が出てくるのを待ち伏せして、締め上げるか？」

「そんなことをしては、どこに潜んでいるかもわからない他の仲間連中の警戒心を煽るだけですよ。お忘れですか、井芹くん。私にはこれがあります」

『依頼書、クリエイトします』

私の手の中に、先ほどの依頼書と寸分違わぬ物が出現します。

現物さえ目にしたのなら、創れないものはありませんからね。

「ほう、なるほどな。その手があったか」

珍しく、井芹くんが感心しています。私だって、やるときはやるのですよ、ふふ。

ふたり頭を突き合わせて、依頼書を見下ろしました。

依頼内容は、冒険者の依頼の種類を表す語呂あわせ――「とうさんたんさいぼう」の「とう」、ごく平凡な討伐依頼です。

「情報源としては乏しいな……」

「依頼主との面会場所は……今から訪れても、もう遅いですよね」

「ふむ、だろうな。さて、これからどうするか」

依頼書からでは、これ以上の情報は読み取れません。ただし、私にはもうひとつだけ試してみたい手段があります。

この依頼書が表向きのもので、裏の意味が秘められているのでしたら、もしやあれが使えないでしょうか。

実際には表も裏も概念的な意味合いですから、私のやろうとしていることは無茶なのかもしれません。しかしながら、なにせ憚らずも〝全知〟を司るという大層な仕様です。やってやれないことはない――と祈りたいです。

「〈森羅万象〉さん、この依頼書の内容の裏に隠されたことを教えてください！」

どんっ！　と後頭部を鈍器で殴打されたような衝撃で脳を揺さぶられ、腰が砕けそうになりました。

「斉木っ⁉」

危うく倒れそうになるところを、すんでのところで堪えます。

頭痛というか、頭が吹き飛んだかのような激痛でしたよ。当社比三倍強、以前の比ではありませんね。死ぬかと思いました。

ただし、そのおかげで、貴重な情報が手に入りました。多大な被害は被りましたが、やってやれないことはなかったようです。二度とごめんではありますが。

「連中の居場所がわかりました。行きましょうか、井芹くん」

◇◇◇

三日月が中天をさす深夜。私と井芹くんのふたりは、カランドーレの街外れ、倉庫街となっている区画へと来ていました。

運河に面した倉庫街は、日中は荷揚げ荷卸しの作業者でごった返しているのでしょうが、この時間ともなりますと、人っ子ひとり見当たらず静かなものですね。

倉庫の陰に身を潜め、見やる先の運河には、大小さまざまな運搬船が停泊しており、月に微かに照らされた黒い水面にゆらゆら浮かんでいます。

その中の一艘——岸から二十メートルほども離れた運河の半ばに浮かぶ中型の運搬船からは、周囲で唯一の光源となる灯りが漏れていました。

「……あれか？」

「ええ。あそこに、今夜ラミルドさん邸を襲撃する人たちが集結しているはずです」

決行が今夜だったとは、タイミング的にギリギリでしたね。

私が〈森羅万象〉で依頼書から読み取った内容とはこうでした。

あの地下牢でも聞いた通り、依頼の真意はアバントス商会のラミルドさんに恨みを持つ者による報復でした。

日頃は多くの護衛を連れ、手出しのしにくいラミルドさんですが、やはり夜中の自宅での就寝時には警護も薄くなるようでして。

ラミルドさんの自宅は、アバントス商会の本店と兼用となっており、店舗の上階がプライベートルームとなっています。店舗の裏手の商品積み下ろし専用の船着き場を利用し、運河を伝って運搬船で乗りつけ、店舗に侵入——上に住むラミルドさんを急襲するという計画でした。

依頼主は、なんと冒険者ギルド職員のレノルドさんその人でした。

依頼主の関係を匂わせる程度で、ギルドでは何食わぬ顔で対応していたのが、よもや主犯だったとは恐れ入りました。とんだ食わせ者でしたね。

そして、その報復理由なのですが——実は、あのAランク冒険者パーティ『闇夜の梟』の捕縛と関係があるようなのです。

もともと、ラミルドさんも『闇夜の梟』も、この北の都カランドーレでの著名人でした。ラミルドさん襲撃による『闇夜の梟』の捕縛は、センセーショナルなニュースだったようですね。世間の反響も大きく、信頼保持のために慌てた冒険者ギルドは、『闇夜の梟』とグルだったカランドーレ支所の職員を即座に捕縛し、事態の早期収束を図りました。同時進行として芋蔓式に、汚職に手を染めていた職員、それに関連する冒険者たちを洗い出し、一斉摘発で次々と処罰したそうです。

ラミルドさんの事件に直接関与していなかった者にしてみれば、巻き添えを食ったに等しく、決して面白くない事態だったのでしょう。難を逃れたレノルドさんも、そのひとりでした。裏業界での面子を潰され、稼ぎのいい副職も失い――目をつけたのが、事の発端となったラミルドさんというわけです。

どこをどう聞いても、逆恨み以外の何物でもないのですが……そこに論理的な思考はなかったようですね。直接の関係者といいますと、『闇夜の梟』の人たちを捕らえた私への恨みのほうが深いと思いますが、私の存在は表沙汰にされていませんでしたから、本来は被害者であるラミルドさんに白羽の矢が立ってしまった――ということなのでしょう。

「……ここまで長生きして今さらだが、人は業深き生き物よな」

「ええ、まったく。いい大人が、まだ善悪の分別もつかない幼子以下の所業ですね。呆れますよ」

罪を犯し罰を受けそうになったからやり返そうなどと。幼子の癇癪、八つ当たりにも程がありますね。

「どうする？　皆殺しにするか？」

「……それはいくらなんでも物騒ですよ。懲らしめて捕らえ、あとは役人にお任せしましょうよ」

「ちっ――ならば、半斬りくらいにしておこう」

舌打ちはやめましょうね。

井芹くんは、普段大人しくしている鬱憤がよっぽど溜まっているみたいですね。しかも、半殺しならぬ半斬りって。半分も斬ったら、大抵の人は死にますよ？

「もう少し、穏便になりません？」

「仕方ない。峰打ちで我慢しておくか」

「是非そうしてください」

井芹くんなら峰打ちでも、岩石くらいは軽く粉砕しそうですが……そこはもう突っ込まないでおきましょう、切りがないですし。

いざというときは、神聖魔法の出番みたいですね。こういうとき、回復魔法が使えてよかったです。即死だけでも避けてもらえたらなんとかなります。

かといって、決して瀕死推奨ではありませんけれどね。そこは井芹くんの良識に期待しましょう。

「で、どういう計画でいくつもりだ？」

「そうですね……まずはこっそり侵入し、様子を窺いましょう。スキルで得た情報は信憑性の証明が難しいですから、きちんとした証拠なり証言が欲しいですね」

「こっそり？　どうやって？」

「どうとは……？　こう……こそこそ、しゅぱぱーという忍者ふうな感じとかですかね？」

「誰も、そんな曖昧で感覚的なことを訊いておらん」

即刻、刀で後頭部を叩かれました。

痛くはないですが、先ほど極度の頭痛を経験しましたので、精神的にダメージです。

「船にいるのは冒険者であろう？　警戒スキルや索敵スキル持ちくらいはいて然り。どう誤魔化すつもりだ？」

「あ」

そうでした。相手は荒事慣れした冒険者。しかも、悪巧みをしている連中なのですから、不意な外敵への対策は当然ありますよね。迂闊でした。

「……相変わらず詰めが甘いな、斉木は。だったら、これだ。見よ！」

どこか嬉しそうに、井芹くんが異空間収納系スキルの〈収納箱〉から持ち出したのは、古ぼけた黒っぽい外套でした。

「儂のコレクションのひとつ、〝姿なき亡霊〟――纏いし者の存在を認識できなくなる逸品だ」

井芹くんが外套を着てフードを被りますと、本当にその姿が忽然と消えてしまいました。

「おおっ！」

「どうだ、素晴らしかろう？　んん？」

フードを脱いだ井芹くんが、さっきと変わらぬ場所に立っていました。姿勢は同じでしたが、表情は物凄く自慢げです。

「今、儂はこの場から一歩も動いておらん。斉木の網膜(もうまく)に儂は映し出されていたはずだが、脳が認識できなかったのだ。脳が認識しない——それすなわち、存在しないと同義。もちろんスキルで察知されたとしても、認識できない。隠密(おんみつ)行動には最適だろう。弱点は、近づきすぎると効果が薄れることだな」

「ほぉ～、そのようにすごい物もあるのですね。魔道具とかいうやつですか？」

「ちっちっちっ、魔道具程度扱いされては困るな、斉木。これは——古代遺物(アーティファクト)だ！」

「おおっ！　…………で、〝あーてぃふぁくと〟ってなんです？　違いがいまいちわからないのですが……」

　井芹くんの肩がかくんと落ちました。

　半眼のまま横目に見つめられ、盛大(せいだい)に嘆息(たんそく)されます。

「うう。知らないのですから、仕方ないではないですか……」

「……斉木の無知は今に始まったことではないか。語弊(ごへい)はあるが平たくいうと、魔法効果を付与(ふよ)した物が〝魔道具〟、スキル効果を付与した物が〝古代遺物(アーティファクト)〟と呼ばれている。前者は今でも製作されているが、後者は遺跡(いせき)から発掘(はっくつ)される神代の遺物で、現世で製作が叶(かな)わぬ希少品だ。これも冒険者の常識だ。覚えておけよ」

「おお、わかりやすい！　なるほど、理解しました。ありがとうございます」

　さすがは生き字引の井芹くん。頼りになりますね。

「ともかく、これなら侵入も容易だろう。斉木ならば、これを創り出すことも可能であろう？　時間が惜（お）しい、さっさとやれ」

「さっそく、やってみましょう」

『姿なき亡霊（インビジブル・コート）、クリエイトします』

　そうやって創生した外套（がいとう）をいそいそと着込んでみます。

「消えました？　って、お互いに消えては、場所がわからなくなるのでは？」

「安心しろ。同じスキルを保有していれば相殺（そうさい）される。しっかりと消えているようだな。だが……」

　井芹くんが難しい顔で顎（あご）に手を添えています。

　なにか、問題でも……？

「儂が苦労して手に入れた物を、そうもあっさりと創生されると、それはそれで腹立つな」

　どうしろと。

「次の問題としては、どうやって船に侵入するかですよね……」

コートのおかげで侵入者として捉えられなくても、侵入した形跡を悟られて警戒されてしまっては、元も子もありません。ラミルドさんへの禍根を残さないためにも、ここは誰も逃がすことなく、一網打尽にすることが肝要です。

運搬船までの距離は、目測でおよそ二十メートル。途中に停泊している船を足場に飛び移るにしても、着地の衝撃で気づかれかねません。橋を創生するにしても、夜目でも目立ちすぎますしね。

小船なりスワンボートなりを創生して、確実に運河を渡るべきでしょうか。いっそ、それこそ忍者よろしく水遁の術で泳いで渡るほうが、隠密行動には向いているかもしれませんけれど。

などと悩んでいますと――

「水面を走ればいいだろう？　片足が沈む前に次の足を踏み出す、そう大したことではない」

井芹くんが事もなげにいってのけました。

まったくこの人は。そんな常人離れしたことをやすやすと。

「先に行くぞ」

「あ、ちょっと」

いうが早いか、井芹くんは暗がりから飛び出しまして、コートを翻しながら一直線に運河へ駆けていきました。

一切の躊躇もない突貫ぶりで、そのまま水面に足を踏み出し——言葉通りに石の水切りのように運河の上を跳ねています。瞬く間に運搬船の船べりに取りついた井芹くんは、音もなく身軽に宙を舞い、運搬船の屋根部分に降り立ちました。

屋根の上から「来い来い」とこちらに手招きしていますが、誰しも井芹くんのように人間離れしているとは思わないでほしいものです。

とはいえ、賽は投げられてしまいました。ここで戸惑っていても、なにも始まらないのもたしかですよね。

（一か八かです！）

合掌して覚悟を決めてから、私も運河に駆け込みました。

当然ながら、先に踏み出した右足のブーツの爪先が水に沈みはじめ——

（おおっと）

即座に左足を前に出し、沈みかけた右足を引き抜き、さらに前へ——

……案外できるものですね。

案ずるより産むが易しといったところでしょうか。しぱぱぱぱ——と軽快な足音がする感じで、水面を走っていました。なるほど、忍者走りの描写はここからきているのでしたか。

ごんっと頭に物が当たる感触がしましたので、飛んできた方向に目を向けますと、屋根の上の井芹くんが無音のジェスチャーでなにか叫んでいました。

（前？）

前方を向きますと、船側がすぐ目前まで迫ってきていました。つい、足元に気を取られすぎたようですね。

船側すれすれでブレーキ代わりに両足を踏み込み、そのまま水面に叩きつけてジャンプします。井芹くんの待つ屋根を目がけたのですが、船への激突を避けるために角度が足りませんでした。このままでは豪快に甲板に着地してしまい、侵入者の存在を盛大に喧伝してしまいかねません。

「斉木っ！」

屋根から限界まで身を乗り出した井芹くんの手に掴まり、どうにか屋根の上に飛び移ることに成功しました。

着地と同時にぱかんっと頭を小突かれましたが、今のは完全に私の凡ミスでしたね。ぐうの音も出ません。

なにはともあれ、無事に運搬船への侵入には成功したようです。相手側の警戒も皆無でしょう。

運搬船の屋根には、三十センチ四方ほどの小さな天窓が据えられていて、そこから内部の灯りが漏れていました。微かに人の話し声もしますね。

『スカルマスク、クリエイトします』

金銀のマスクは月光を反射しますから、目立たないために素顔のままでしたが、ここからは正体を隠すほうが大事でしょう。

ならば、金属マスクをやめればとの意見もあるでしょうが、形式美はたいせつなのですよね。ふふ。

私が金、井芹くんが銀の髑髏マスクを装着します。これで準備は万端ですね。

天窓の下は、貨物倉庫となっているようです。ただし、荷は積まれていません。その代わりに、三十人ばかりの人たちが寄り集まっています。結構な大所帯ですね。

木箱を並べた即席の壇を放射状に囲んでいますから、決起集会のようなものを行なっているふうなのですが……今潜んでいる屋根から床までは十メートル以上の距離があるため、音がくぐもり声が聞き取りづらいです。

壇上で話している人は、他と比べても一回りは巨漢ですから、もっと大声で話してくれてもよさそうなものですが。深夜で外に声が漏れることを心配しているのか、はたまた頭と顎に包帯を巻いていますから、怪我のせいで大声が出せないのかもしれません。

「……〝準備は整ったな。十分後、手筈通りに商会へ向かう。今から計画の最終確認だ。てめえら、稼ぎてえなら気を抜くんじゃねえぞ〟」

井芹くんが隣で抑揚なくぼそぼそと呟いています。どうしたのでしょう、ついにボケはじめたのでしょうか。

「読唇術だ」

口にはしていなかったはずですが、察せられて頭を叩かれました。お茶目な冗談じゃないですか。

物々しい雰囲気が、これから碌でもないことを仕出かそうとしていることを物語っています。〈森羅万象〉のスキルで得た情報に、間違いはなさそうですね。

やはり、ここに集まった人たちは、全員ラミルドさん目的の襲撃者のようです。身なりや装備からも、冒険者を生業としている人たちなのでしょう。世の中の役に立とうと頑張っている冒険者さんたちも多い中、嘆かわしいことです。私の所属する『青狼のたてがみ』の一途な皆さんを見習ってほしいものですよ、まったく。

ひとまずぐるりと眼下を見渡してみますと、その中に見知った顔が——顔たちがあることに気づきました。

「おや？　あれは……なんでしたっけ、〝縛ると黒椅子〟の方々ではありませんか？」

「〝縛ると黒椅子〟……？　……もしや、『黒色の鉄十字』のことか？　知り合いか？」

「ああ、そうそう。そんな感じの名前でしたね。以前にちょっとありまして」

惜しかったですね、ニアピンです。サランドヒルの街でのアンジーくん襲撃の一件で懲らしめた、あの冒険者レギオンですよね。

「……そうか。上り調子のかのレギオンが、突然落ち目になったとの噂は聞いていたが……得心した、斉木に関わったがためだったか」

「なんですか、私が悪いみたいじゃないですか」

「そうではない。なに、よくいうだろう。〝触らぬ神に祟りなし〟とな。悪いのは、触りを持つ破目になった連中の運だな」

なんでしょう。まったくフォローされた気がしません。神は神でも、秘境の部族の崇める邪神とかでしょうか。

「ですが、人数は減ったみたいですね……ひーふーみー、前は今の倍くらいいたと思うのですが」

以前で三十人くらい、今は十人ちょっとといったところでしょう。半分以下とは、ずいぶんと少ないですね。あのとき負わせた怪我は打ち身や捻挫などの軽微なもので、現場復帰にさほど影響するものではなかった気がするのですが。

「ケチのついたときが縁の切れ目だ。冒険者は人気商売、評判や縁起をことのほか気にするからな。特に名が売れはじめた鳴り物入りのレギオンでは手痛かったろうさ。もともと、黒い噂も絶えないレギオンだったが、ここまであからさまな裏依頼に手を出すとは、よっぽど連中も必死なのだろうよ」

そのときの直接の関係者としては、少々心苦しくもありますが……だからといって、このような悪事に手を染めていい理由にはなりません。

「まあ、それはカランドーレ支所も変わらんか。かつてのトップランカー、『闇夜の梟』の抜けた地位に収まろうと、なりふり構わぬ輩もいると見える」

つまらなそうに井芹くんが顎で示すのは、壇上の包帯を巻いた巨漢です。

よくよく見ますと、あの人って冒険者ギルドで井芹くんにちょっかいを出して天井に突き刺さっていた、たしか〝稲妻の剛拳士〟とやらの冒険者さんではないですか。トップランカーの一員やら、Aランクに最も近いなどと名乗りを上げていましたが、悪事で高名を得ようなどとは言語道断ですね。

その傍には、制服こそ着ていませんが、ギルド職員のレノルドさんもいます。依頼主として、依頼の完遂を見届けようというのでしょうか。余裕の表情からは、この計画が失敗するなどと微塵も疑っていないように思えます。よもや、他にも手を回していたりするのでしょうか。この北の都カランドーレで、長年水面下で暗躍していたのであれば、そういうコネがあっても不思議ではありませんしね。

そして、もうひとり……思いも寄らない人物がこの場にいました。

レノルドさんを除き、荒くれ者が集う場所で、ひとりだけ場違いな商人然とした格好の者——

「フブタさんではありませんか……」

アバントス商店の本店にいた店員さんのフブタさんでした。

なぜ、この場所に——と、疑問視する意味など今さらです。なに食わぬ自然体でここにいること自体が、その証明なのでしょう。

「今話している計画によれば……ふむ、あの商人は内通者のようだな。役割としては、建物のセキュリティシステムの解除と解錠、建物内の案内役も担当しているらしい」

「そうですか……」

ラミルドさんが気の毒でなりません。故人との縁で窮地を救った恩を仇で返されるとは……ラミルドさんの口ぶりからも、彼を見捨てるつもりはなかったように思えます。むしろ、馴染み深かった故人とのこともあり、再教育して立派な商人にしようと考えていたのではないでしょうか。

それらを想像しますと、切なさで胸がいっぱいになってしまいます。

「……もういいです。確証は取れました。これだけ証人がいれば、証拠も充分でしょう」

「そうか。ではもうひとつ、こちらは朗報だ。連中、よほど羽振りがいいようだな。この運搬船も連中の持ち船らしい。今回のような偽装しての移動手段に、密会場所にと、頻繁に用いているらしいな」

胸を裏拳で叩かれます。銀色の無表情な髑髏の向こうで、井芹くんがにやりと笑った気がしました。

しんみりした気配を察せられてしまったのでしょうか、気を遣ってくれたようですね。

そうですね、今は計画の阻止が第一。こちらに集中することにしましょう。

「乗り込むか？」

「はい。この倉庫街は民家からも離れていますし、近隣の方々に迷惑もかからなそうです。ここは派手にやらせてもらい、手早く終わらせてしまいましょう」

『スーパーロボット、クリエイトします』

月夜に浮かぶ船の屋根に、出現した巨大な人型が影を落とします。

創生した数十トンに及ぶ膨大な重量を木製の屋根が支えられるわけもなく、人型ロボットの下半身がびきびきと破壊音を立てて屋根を穿ち、下の倉庫に突き刺さりました。

棒立ちになったロボットは、重力に沿って仰向けに倒れ、船の屋根部分を根こそぎ薙ぎ倒して大穴を開けました。

「やれやれ、派手といってもやることが極端すぎる……が、即沈没していないだけマシか――まあいい、行くぞっ！」

唐突な出来事に、船の倉庫内は混乱必至の様相です。

コートをはためかせながら井芹くんが倉庫に飛び降り、私もその後に続きました。

倉庫内では、集まっていた人たちが右往左往していました。

相手からしてみますと、いきなり鉄の巨人が船の天井を突き破り倒れ込んできたわけですから、無理もないことですよね。

「ひぃぃ～！　また鉄の巨人が⁉」

「も、もう鉄の拳で殴られるのは嫌ー！」

倉庫の片隅で戦意喪失して膝を抱えているのは、前回のエチル邸で鋼鉄人を相手した、なんとかクロイツの人たちでしょうか。今回は以前とは違うロボットなのですが、トラウマを呼び起こしてしまったようですね。

「ちっ！　襲撃か⁉　陣形を組め！」

それでも、曲がりなりにも冒険者の一団です。

咄嗟の事態にいち早く順応した人たちが、怒声を上げながら陣頭指揮を執りはじめました。

井芹くんとふたり、ロボットの上腕部に降り立ち、連中を見下ろします。天井に空いた大穴から、差し込む月明かりを背に登場するさまは、なにやら童心をくすぐられますね。

「誰だ⁉」

誰何の声に、井芹くんが頭上の三日月を高らかに指差しました。

「誰が呼んだか――月よりの使者、髑髏仮面参上！」

……どうしましょう、井芹くんがかつてないほどにノリノリです。

「どこだ⁉　どこにいやがる⁉」

「侵入者を探せっ！」

しかしながら、周囲の人たちはポーズを決めた井芹くんを置き去りに、懸命(けんめい)に私たちを探し回っています。私たちの姿どころか、声すらも耳に入っていません。

……まあ、そうなりますよね。

「井芹くん、これこれ」

〝姿なき亡霊(インビジブル・コート)〟――纏(まと)いし者の存在を認識できなくする古代遺物(アーティファクト)、でしたよね。私たちが着ているコートです。

「…………」

ぱかんっ！

無言で頭を叩(たた)かれました。なんとも理不尽(りふじん)な。

「ここだ！　誰が呼んだか――月よりの使者、髑髏仮面参上！」

何事もなかったように、井芹くんはコートを脱ぎ去り、再び名乗りを上げました。

臆(おく)することなく繰(く)り返す胆力(たんりょく)は、見習うべきものがありますね。私などでは、恥ずかしくてとてもとても。

私も創生したコートを消して、姿を現わすことにします。

「馬鹿な！　こ、黄金の髑髏仮面――！　どうしてここに⁉」

「し、白銀の髑髏仮面だと――？」

私を前にたじろいだのが、なんとかクロイツのレギオンのリーダーさんですね。

井芹くんを見て反射的に顎を押さえたのが、ギルドで出会ったラなんとかさんです。こちらは残念ながら、一文字しか覚えていません。

ふたりは即座に踵を返し、反対側にある倉庫の出口に逃げ出しました。このふたりは痛い目に遭っていますので、感心するくらいに諦めが早いですね。

それを皮切りに、全員が出口に殺到しようとしますが、ここでむざむざ逃がすわけがないでしょう。

「そいやっ」

新たに創生した別のロボットを、逃げる方々の頭越しにぶん投げます。

飛んでいった鋼鉄の巨体が、横倒しに壁ごと出入り口を粉砕して退路を塞ぎました。

せっかくのロボットを置物か障害物扱いとは怒られてしまいそうですが、操縦できませんから他に使い道がありませんので、あしからず。

今度はグレードが高いほうにしてみましたが、その分重量もあるようで、船が大きく軋んで揺れました。すでに船は半壊状態ですが、今しばらくは持ってくれそうですね。

退路を失った方々が、決死の覚悟で武器を構えました。この状況で戦意を失わないというのも、敵ながらあっぱれなものです。

とはいえ――

「その心意気たるやよし。この儂が順に稽古をつけてやろう」

立ち塞がるのが、かの生ける伝説『剣聖』イセリュート――もとい、白銀の髑髏仮面ですから、同情は禁じ得ません。

なにやら、とても活き活きしていますね、井芹くん。鬱憤が溜まっている上に、先ほど恥をかいた私怨も多少は混じっていませんかね。

約束通りに律儀に峰打ちに徹してくれてはいるようですが、とても打撃音とは思えない豪快な破壊音が聞こえています。控えめにいっても阿鼻叫喚ですね。ヒーリングをかける準備だけはしておきましょう。

あちらは井芹くんに任せて、私はこちらの対処をしなければいけません。

私が進む先には、非戦闘員のふたり――フブタさんとレノルドさんが抱き合いながら震えていました。

眼前まで歩み寄りますと、感極まったようにレノルドさんが足に抱きついてきました。

「お……おお！　さすがは噂に名高き、黄金の髑髏仮面様！　あの暴漢どもより、助けてくださってありがとうございます！　聞いてください、好きでこんなところにいるわけではないのです！　奴らに恫喝されて、ここに無理矢理に連れてこられ――」

した。

「あ、そういうの要りませんので」

問答無用で当身で黙らせます。レノルドさんはあえなく失神し、かくんと頭が落ちま

証拠は挙がっています。保身のためだけの戯言に付き合うのは時間の無駄ですね。

「し、死んだ……？」

「死んでません」

これでも以前より少しは手加減を覚えましたし。

「この俺も殺す気か……？　お、俺はこいつらと違って、ただの商人だぞ？　そうだ、アバントス商会に確認してもらってもいい！　俺は無関係なんだ！」

ですから、死んでませんって。死んでいませんし、殺めたりなどしません。人をまるで殺し屋か死神のように……って、見た目はそれっぽい髑髏でしたね、さもありなん。

……ですが、今はそう怯えさせておいたほうが好都合かもしれませんね。訊きたいこともありますし。

「ラミルドさんとは既知なもので、あなたがアバントス商会の方だとは知っていますよ。だからこそ、今回の襲撃に加担しようとしたのでしょう？　すでに計画も、あなたの役割も知っています。警備システムの解除と建物の解錠、案内が役目でしたっけ。無関係とい い逃れはできませんよ？」

フブタさんの服をまさぐりますと、ポケットから鍵束が出てきました。おおかた、不正に入手した商会本店とラミルドさんの自宅の合い鍵でしょうね。

「どうしてこんな真似を？　ラミルドさんは、あなたの恩人ではないのですか？」

「――はっ！　恩人？」

観念しての開き直りでしょうか、フブタさんは青い顔をしつつも、ふてぶてしく嘲笑っていました。

「叔父貴の知り合いだったか知らないが、偉そうに！　恩人というのなら、俺に融資してくれるだけでよかったんだよ！　そうすりゃ、俺の商才をもってすれば、かつての地位に返り咲けたんだ！　それを、恩着せがましく偉そうに――自分とこの商会で、ぺーぺーの平店員扱いだぞ!?　一時は百人近い部下を従えていた、この俺がだ！　きっと、叔父貴に恨みを持っていて、甥のこの俺に恥をかかそうとしやがったんだ！　八つ当たりも甚だしい――」

「……もう、いいです」

「なんだと!?　まだまだいいたいことが――」

「もういいんです」

「…………」

いい含めるようにゆっくりと告げますと、フブタさんは押し黙りました。

熱くなっていたところで、現状を思い出したのでしょう。フブタさんの正面――私の背後では、まだ井芹くんの〝稽古(けいこ)〟とやらの惨状(さんじょう)も続いているようですし。

「だから、自分の働いている商会を――ラミルドさんを襲おうと？」

「……そうだ。これは正当な慰謝料(いしゃりょう)と賠償(ばいしょう)だ。俺は悪くない。元はといえば、あいつが――」

なんといいますか……聞くに堪(た)えませんね。短絡(たんらく)にして短慮(たんりょ)、同じ人間であるはずなのに、どうしてもこうも価値観が異なるのでしょうね。理解できません。

「そうだ、あんたっ！　俺に雇われる気はないか⁉　あんたに、ぶんどった金の半分を――」

「――いい加減にしてください」

「ぶべっ⁉」

平手で頬(ほお)を張り、その後にあらためて当身(あてみ)で気を失わせます。

この蛮行(ばんこう)に及ぼうとしたのには止(や)むに止(や)まれぬ事情でもと、ちょっとでも苦慮(くりょ)した私が浅はかだったということでしょうか。

「この世界は、儂らが元いたあちらとは違う。あまり悪党に期待するな」

「……いい人もいっぱいいますからね。期待したくもなりますよ」

井芹くんが、血の滴(したた)る刀を担(かつ)いで戻ってきました。向こうも終わったようですね。

この異世界での厳しい現実の中を、永いこと過ごしてきた井芹くんですから、思うところもあるのでしょう。

それでも私としては、あくまで性善説を信じたいところです。

「そうか」

銀色の仮面で隠された声音からは、井芹くんの心中は窺えません。

どこか、しんみりした空気が流れます。

「…………って、どうして刀から血が滴ってるんです⁉」

「ん？　ふむ……つい？」

「いえいえ、それで済ませては駄目でしょう⁉　ほら、井芹くんも手伝ってくださいよ！」

沈みがちな雰囲気もどこへやら、私は急いで負傷者の救護に向かうのでした。

船のほうも沈みそうなだけに、急がないといけませんね。

私たちが泊まっている宿屋の一階は、ちょっとしたラウンジのような、待合室にも使える広間になっていました。

時刻はもうすぐお昼どき。私とアイシャさん、フウカさんの三人は、思い思いの場所に腰かけて、暇を持て余しているところです。

井芹くんは奥にある宿屋の厨房を借り、昼食作りの真っ最中。なにやら、インスピレーションを受けたとかで、〝叩き獣肉の柔らかソテー～血の滴るソースを添えて～〟なる料理を試作中です。なにを見て閃いたのかは、これから食べる立場としては、考えたくないところですね。

昼前ではありますが、私は現状とても眠いです。

昨晩はあれから捕らえた連中を役所に連行しました。井芹くんの〝稽古〟のおかげか、皆さん一様に素直でして、先を争うように洗いざらい白状してくれたものです。

なんだかんだで役所を出たときには、もう明け方近くになっていました。おかげで眠いのなんの、目がしぱしぱしています。

部屋に帰って眠りたいのは山々なのですが、やることがありますから、今はそうもいきません。テーブルの上にだらしなく上体を横たえ、必死に眠気に抗っているところです。

それでも我慢の限界に達し、うつらうつらしはじめたときに――

「たっだいま～」

「ただ今、戻りました」

「帰ったわよ」

どやどやと、レーネさん、カレッツさん、フェレリナさんの三人が宿屋に戻ってきました。

三人は昨日に引き続き、『勇者』の情報を得るために朝から冒険者ギルドのカランドーレ支所に出向いていました。おかげで、今朝はちょうど行き違いになってしまい、会えずじまいでした。

「おかえりなさいませ。首尾はいかがでしたか？　『勇者』所在に関する有益な情報は入手できたでしょうか？」

立ち上がって出迎えたフウカさんに、三人はお互いに顔を見合わせ、表情を曇らせていました。

「いや～、それが……なあ？」

「なんかね！　昨晩、とんでもない大捕り物かなにかがあったみたいでさ！　なんかもう、ギルド内がてんやわんやの大騒ぎ！　また不祥事がなんとかかんとかで！　よくわかんないけど！」

「……あんたこそ大騒ぎしないの。つまりは、ギルドがレーネみたいになっていて、とても情報収集できるような状態じゃなかったのよ。だから、すごすご戻ってきたってわけ」

心なしか、三人ともお疲れのようです。

騒動の理由……昨夜の一件のことで間違いないでしょうね。

先の『闇夜の梟』によるアバントス商会代表の強盗未遂に続き、今度は冒険者ギルド職員主導による襲撃未遂、と度重なるスキャンダルです。カランドーレ支所のダメージは計り知れないことでしょう。

「なんでもさ、この地にも現われたらしいよ～？　あの、黄金の髑髏仮面！」

「一時期、各地で数々の伝説を残して、噂話で賑わったよな。最近は全然聞かなくなったから、てっきり都市伝説の類かと――」

「なんですって⁉」

食いついたのはアイシャさんでした。

日頃は落ち着いた感じの彼女が、血相を変えてカレッツさんに抱きつかんばかりの勢いです。

「ちょ、ちょっと！　アイシャさん、近いですってば！」

「ほらほら、落ち着きなさいよ、アイシャ。うちのリーダーは初心なんだから」

「あ、ご、ごめんなさい……」

フェレリナさんが割って入ったことで、アイシャさんは落ち着きを取り戻したようでした。

「そそ。そーだよ、アイシャん。そんな凶悪なもの押し当てて熱烈に迫られちゃ、リーダー死んじゃうよ？」

「死ぬか！」

「むしろ、それで死ねるなら本望かな？　こう見えて、リーダーむっつりだから。にしし！」

「レーネ、おまえな〜！」

カレッツさんとレーネさんで追いかけっこが始まってしまいました。よくある光景ですが。

「それで、フェレリナ。さっき、レーネちゃんがいっていた男のこと……」

「なに？　気になるの、アイシャ？　その髑髏仮面なんて、ふざけた名前の奴のこと。あなたがそんなに他人に興味を示すのも珍しいわね？」

ふざけたって……別にふざけているわけでは。

ちょっと格好いいのでは、と思っていただけに、少し凹んでしまいますよ、フェレリナさん。

「え、ええ。アタシも噂を知ったのは最近なのだけど……ファンなのよ。正体を隠し、各地を巡って悪党退治とか、素敵じゃないかしら？」

おお、アイシャさん……あなたこそ素晴らしいお人です。

「行為はともかく、髑髏被って、ってのはどうかと思うけれど。人間の感性はよくわからないわね……ギルドで訊いた話では、今回もその人物たちが悪党退治したらしいわね」

「〝たち〟……？」

「そうね。ふたり組だったらしいわよ。金と銀の」

「ふたり……？」

アイシャさんは椅子に座り込み、視線を虚空に彷徨わせながら、なにか深く考え込んでいるようですね。悩んでいるといったほうがいいのかもしれません。

もしかして、ファンというのは建前で、そんなに悩むほどのなにか因縁めいたものでもあるのでしょうか……

当人の私としましては、これっぽっちも心当たりがありませんが。まさか、以前にもどこかでお会いしたとか？

そういえば、これまで一緒に過ごしてきた中で、アイシャさんは時折、真剣な表情でこうした仕草をしているときがありましたね。思案に没頭しやすいタイプなのでしょうか。熟考は大事ですが、考えすぎるのもよくありません。過ぎたるは及ばざるがごとしともいいますし、物事には必ず裏があるわけではなく、変に疑わずに素直に考えたほうがいいこともありますしね。

などと、眠気でぼんやりとした視界の中で、おぼろげに考えていたのですが……

「――あ！」

そうそう、のんびり微睡んでいる場合ではありませんでした。我ながら、かなり寝ぼけていたようですね。しっかりしないと。

「なに、タクミん？　いきなり大声上げてさ。びっくりするじゃない」

天井から声が降ってきました。

見上げますと、天井に逆さまに張りついたレーネさんが、きょとんとした顔でこちらを見下ろしていました。

カレッツさんとの追いかけっこが続いていたようですが、どうした末にそうなったんでしょう……びっくりしたのはこっちですよ。

それはさておき、重大な発表がありましたので、眠気を我慢してまで、こうして全員揃うのを待っていたのでした。

「実は今朝、有力な情報を得ました。エイキ――『勇者』の居所です」

ちょうど厨房から戻ってきた井芹くんも加えて、総勢七人でテーブルを囲みます。

「まずはこれを見てください」

私が懐にしまっていた分厚い封筒から取り出したのは、四つ折りにされた紙片です。それを皆さんにも見やすいように、テーブルの上に広げました。

「……地図？　それにしては、あまり見かけない描き方ね」

真っ先に反応したのは、『森の民』であるアイシャさんでした。

「ほとんど緑色だけど……周囲の地形、これはトランデュートの樹海かしら？」
「正解です。これは一般に流通しておらず、行商人さんが使用している物だそうでして。特別に譲ってもらいました」

一般的に、トランデュートの樹海の地図は存在していないとされています。それはあまりに広大ゆえに、道らしい道もなければ目印となるものも皆無、全貌も定かではなく、地図にできるだけの情報がない、といったほうが正しいのかもしれません。

魔物や野獣の巣窟と噂される樹海ですが、それでも魔界などではなく、雄大な大自然の一部なだけですから、当然のようにそこで生活をしている部族や村落もあるそうです。

商人さんの中には、そうした秘境にこそ新たなビジネスチャンスを求める商魂たくましい方もおられるようでして。そうやって、命知らずな行商を体当たりで続けることでできたのが、この地図というわけです。

商人さん専用というだけあり、主に集落の場所、集落から別の集落への距離など、ここでは目的地とそれに関することのみが事細かに記されています。地形をメインとして周囲の位置関係や現在地を知るための一般的な地図とは、一線を画していますね。

仮にこの地図が流通してしまえば、他の商人の介入を許すことになります。これまでの命がけの努力を無にしないために、商人さんたちの間では門外不出とされているのも頷けます。

その上で、この地図をこうして門外漢である私に融通してくれたのは、いわずと知れたラミルドさんでした。

今日の早朝、ラミルドさんのアバントス商会の使いの方から、この地図が入った封筒を受け取りました。本当は、本人が手渡したかったそうですが、これから忙しくなるため、残念だが無理そうだと同封された手紙に書いてありました。

忙しくなるとは、昨晩の一件でしょう。なにせ渦中の人ですから、事後処理などもあるのでしょうね。

他にも手紙には、救ってもらうのも三度目だと、感謝の言葉が遠回しに書かれていました。一度も話していないはずなのですが、どうやらスカルマスクのことまでお見通しというわけですね。きらーんと歯を見せるラミルドさんのしたり顔が目に浮かぶようです。

そして手紙には、フブタさんのことについてはいっさい触れられていませんでした。ラミルドさんの心中を慮りますと、やりきれないものがありますね。

「ここです。この村をひと月ほど前に訪れた行商人の方が、『勇者』らしき人を見たということです」

ラミルドさんから、地図とともにもたらされた情報がそれでした。

さらには、その封筒を届けた使いの方こそ、エイキに会ったという行商人さん当人で、いろいろと話を聞いた結果、私もそれがエイキ本人であるとの確信に至りました。

「確かな情報なんですか？」

「出所は信用できます。その行商人の方も、そのときは珍しい場所で冒険者に会うものだ、くらいにしか思ってなかったそうですが、確認したところ、背格好や顔立ちも一致しています。イベントうんぬんという言葉を口にしていたことからも、間違いないかと」

「なに、そのイベントって？」

「お城で会ったときに、『勇者』が何度か口にしていたのですよ。話によりますと、私がいた世界でよく使われる用語らしくて。魔王軍の襲来を、〝バトルイベント〟とかいって楽しそうにしてましたね」

「うげ。あれを催し物扱いすんだ。『勇者』って大物だねえ」

　私もそう思います。

「その場所が……ここですね」

　示したのは、樹海の一部ではあるにしろ、地図上で最も奥まった場所にある集落です。

　意外にも樹海にはいくつもの集落が点在しており、地図に記された経路では、目的地まで実に十近い集落を経由しています。行程が不自然に湾曲しているのは、これがあくまで行商用で、効率的にすべての集落を巡回するためなのでしょう。総距離としては、ざっと百五十キロほどもありそうです。

「カランドーレ周辺の地図と照らし合わせてみよう。フェレリナ、地図よろしく」

テーブルに二枚の地図を並べ、検討が始まりました。

「この樹海の地図を当てにするとして……樹海入口に一番近い村はカテドナかしら？」

「……そうなるかな。カランドーレからカテドナまでは、およそ二百キロ……馬車で四日か五日といったところだな」

「馬車はカテドナで預けるとして……そっから樹海を徒歩でかあ、きつそー。見知らぬ未開の森でこの距離ってヤバくない？　魔物だって山ほど出るんだよね？」

「それは最初から想定済みでしょ。でも、エルフのわたしならともかく、たしかに森の行程をこの距離は……アイシャ、所見で構わないけど、もう少しどうにかならないものかしら。『森の民』としての、あなたの意見を聞かせてちょうだい」

「そうね……経験則でよければ、地図上のことここはショートカットできそうね。十数キロ分くらいは距離を稼げると思うわ。それに、この集落の密集した配置からすると、こちら側は外敵からの襲撃が少ないんじゃないかしら。若干遠回りになっても、目的地までの時間は短縮できそう」

「じゃあ、僕はカランドーレにいる内に、追加の食材関係を仕入れとこっかな。とりあえず、半月分もあればいいよね？」

「ああ。いざとなれば現地調達もできるだろうし、そんなものかな。選別は専門家のイセリくんに任せるよ」

「では、わたくしは、この情報を女王様にお伝えしておきます」

にわかに慌ただしくなってきました。目的が定まり、皆さん水を得た魚のようです。

貴重な情報をもたらしてくれたラミルドさんには、感謝しかありませんね。

もし、昨夜の計画が実行されていたら、私は大事な知人を失うとともに、エイキの手がかりも失っていたのですね。

そもそも、昨日、あのフブタさんに通報されて地下牢に入れられることがなければ、ラミルドさん襲撃計画の情報も手に入らなかったわけで……なにやら数奇な運命を感じなくもありません。

なんにしても、これでようやくエイキの捜索も本格始動です。否が応でも気合が入ります。

ただ……今は、少しだけゆっくりと眠らせてもらいたいものですけれど。眠すぎて仕方ありません……

第三章　『勇者』を求めて

「――せぇいっ！」

　樹海に重たい音が響き、体長三メートル強を誇る猛牛(もうぎゅう)の突進を、フウカさんの大盾が真(ま)っ向(こう)から受け止めました。

　体格差にして五倍ではきかないはずですが、『盾騎士』の職は伊達(だて)ではないということでしょうか。

「光の精霊(ウィルオーウィスプ)よ、陰影(いんえい)打ち消す光彩(こうさい)となりて輝き瞬(また)け！」

　フウカさんと猛牛の中間――生み出された小さな光の球が、爆竹(ばくちく)のように弾けました。

　薄暗い周囲が一瞬、眩(まばゆ)い光で照らし出され、視界を白く染めます。

「ブフゥ！」

　盾の陰にいたフウカさんはともかく、至近(しきん)距離で目潰(めつぶ)しを食らった猛牛は堪(たま)ったものではなかったでしょう。苦悶(くもん)の雄叫(おたけ)びを上げて、その巨体が怯(ひる)みました。

「レーネ！」

「あいさっ！」

掛け声とともに動く影がふたつ。

飛び退くフウカさんと入れ替わりに、左右から同時に突進するのはカレッツさんとレーネさんです。

英字のXを描くように交差し、猛牛の両前脚をそれぞれの得物である剣とナイフで斬り裂きました。なんとも、息の合ったコンビネーションですね。

「はぁっ――――！」

前脚の重心を失い、前のめりに倒れ込む猛牛の背に、樹上で陣取っていたアイシャさんが大振りのナイフとともに降ってきます。

無防備に晒された脊髄部分に、ナイフの刃が根本まで埋め込まれ、猛牛は断末魔の悲鳴を上げることなく絶命しました。なんとも見事なお手並みです。

私も念のために弩弓を構えていましたが、今回、出番はなかったようですね。

さて。北の都カランドーレを出発してから一週間、私たちはトランデュートの樹海へと到着しました。

噂に違わず、トランデュートの樹海とやらは危険が盛りだくさんのようでして、まだ樹海に入ってそれほど経っていないのですが、障害も多くてなかなか先に進めません。

本来でしたら、今頃は樹海内の最初の集落に着いている予定でしたが、まだまだ先は長そうですね。

今、襲ってきた〝大角持ち〟と呼ばれる気性の荒い猛牛も、脅威度ランクではCだそうで、駆け出しの冒険者ではパーティ単位でも敵わないほどの凶暴な野獣だそうです。樹海の外周部に位置する地点でこれですから、内部はどれほどのものなのでしょうね。

平和志向の私としては、早いところエイキを見つけ、こんな物騒な場所とはさっさとおさらばしたいところです。

「よしよし。〝大角持ち〟の肉は野性味があって美味いんだ」

うきうき顔で〈収納箱〉に猛牛をしまう井芹くんは呑気ですね。

まあ、彼の正体はSSランク冒険者ですから、たいていの敵は物の数ではないのでしょうが。

本日、数度目の戦闘を終えて、なおも樹海を邁進します。

森といいますと、セプさんのいた〝世界樹の森〟を思い出しますが、森林ではなく樹海というだけあってか、樹木の密度が濃いですね。息苦しいくらいに緑が香るのも独特です。きっと、マイナスイオンも出まくりなのでしょうね。

地図を片手に、森に詳しい『森の民』のアイシャさんが先頭を行きます。これまで行商人さんが行き来しているルートだけに、一応、道らしきものはあるのですが、私のような素人では獣道と見紛うほどです。

商売のためとはいえこんな道中に挑むとは、行商人さんの商魂には本当に頭が下がる思いですね。

「ね～？　アイシャん、まだ着かないの～？」

「もう少しだから、我慢してね。レーネちゃん」

「レーネ、気が弛みすぎだぞ」

「そういうリーダーも、気の張りすぎは駄目よ」

そんな若者たちのやり取りを、微笑ましく眺めつつ――

その後も同じようなやり取りと戦闘を何度か繰り返しながら、ようやく私たちは最初の集落へと着きました。

昼過ぎには到着予定でしたが、もう日暮れ間近です。とはいえ、慣れない樹海の道のりでしたから、手間取ったにせよ日中に辿り着けただけでも及第でしょう。

「へぇ～。変わった造りなんだね～」

いかにも興味津々に、レーネさんがきょろきょろあたりを窺っていました。

それには私も同意ですね。樹海の集落は、他所ではまず見かけない立体的な造りとなっていました。

建物などは平地ではなく、主に巨大な樹木の上に建てられています。なかば樹と一体化したような建築様相は、いかにも森の村といった感じですね。

不安定そうな樹の上で、よくも見事にバランスが取れているものです。地震大国出身としては、地震が起きたときに崩れ落ちてしまわないかと心配してしまいますね。冒険者として経験豊富な井芹くん以外は、いずれも物珍しそうにしています。

いえ、フェレリナさんだけは、なにやら懐かしそうな面持ちでしょうか。そういえば、ここの雰囲気はエルフの里と似ている気がします。エルフという種族は、もともと自然の中で暮らす傾向にあると聞きましたので、故郷を懐かしんでいるのかもしれませんね。

柵などの区切りもないため、どこまでが森でどこからが集落か判別しにくいところではありますが、この集落はそれなりの広さがあるようです。ここにも人が住んでいるわけですから、無断で立ち入るわけにもいかないでしょう。あいにく見張りの方などはいませんでしたので、住人を探しつつ、とりあえず集落の中央付近と思しき場所に向かうことにしました。

集落の中ほどには井戸らしきものがあり、その周辺に複数人が寄り集まっている姿が見えます。

「俺が行ってきます」

こちらは集団の上に武装していますから、相手に威圧を与えかねないということで、リーダーのカレッツさんが代表して出向くことになりました。

集落に立ち寄った挨拶程度でも礼節を軽んじては、人間関係がぎくしゃくしてしまうのは、どこの世界でも共通でしょうね。

残る六人でカレッツさんを遠目に見守っていますと、突然、声を荒らげる様子が窺えました。口論というより、一方的にカレッツさんが相手側に詰め寄られているようです。

「あ！」

カレッツさんが突き飛ばされ、地面に尻餅を突くさまが見えました。

なにか、あったようですね。

「カレッツさん、大丈夫ですか？」

「え、ええ。すみません、タクミさん。大丈夫です」

駆け寄って手を貸しましたが、カレッツさんに怪我はなさそうでした。おそらく、小突かれて倒れた程度なのでしょう。

「おいおい、そんな軟弱で冒険者なんかやってられんのかよ、ああん？」

目の前に立ちはだかるのは、十人ばかりの武装した男女です。格好からして、この方々も冒険者なのでしょう。

先頭に立つのは、カレッツさんを押し倒したらしき、厳つい髭面の中年男ですね。諸刃の斧を携えているからには、木こりでなければ戦士職なのでしょうか。

「『青狼のたてがみ』だあ？　んな弱小パーティは知らねえなあ。聞いて驚け！　こちとら、全員がBランクの冒険者パーティ『黄虎の爪』様だ。がっはっはっ！」

ずいぶんと上からの物言いの人ですね。口ぶりからして、著名な方々なのでしょうか。

Bランクというからには、かなりの高位ランクなのでしょうが、あいにくと聞いたことがありません。本当に有名なのでしょうかね。

ですが、それをそのまま口にしてしまっては、またややこしくなりそうですよね。

「あたいらだって、そんなローカルパーティ聞いたことないや！　い～だ！」

……私がせっかく自重したにもかかわらず、レーネさんがさっそく食ってかかっています。

「なんだと!?　この乳臭そうな小娘が！」

「誰が乳臭そうだって!?　こんなキュートな女子捕まえて、なにが小娘だ！　臭そうなのはあんたでしょ！　この髭親父！　毟っちゃうぞ!?」

「だだだ――誰が髭親父かー！　男が髭生やしてなにが悪い!?　このダンディさ具合がわからんか!?」

「ダンディって面あ!?　ダンディじゃなくってダーティでしょ！　ああ、ばっちい！」

「なにおうー！」

……子供の口げんかに成り下がった感じですね。

なにか彼の不興を買ったのでしょうか、むきになって反論しています。年齢的に、反抗期の娘さんからも同じようなことをいわれてショックだったとか。

「馬鹿、やめろレーネ！　さすがに失礼だろ！　ちょっとは大人しくしてろ！」

羽交い締めにして止めようとしているカレッツさんだけが大変そうです。

険悪ではありますが、とりあえずお互いに刃傷沙汰になりそうな雰囲気ではありませんでしたから、様子を見ることにしました。

フェレリナさんとアイシャさんも同様の判断のようですね。一応、咄嗟の事態に備えて準備だけはしているようですが、すぐさまどうこうということもなさそうです。井芹くんにいたっては、我関せずの構えです。

事前に冒険者の心得として聞いていましたが、荒事の多い冒険者間では多少のぶつかり合いは日常茶飯事のようですし、これもその範疇なのでしょう。

ただし、私が聞いていた〝ぶつかり合い〟の内容とは、少々違っているふうではありますが。

「ああ、いやだいやだ！　まったく世間知らずの田舎パーティはよ！　ここがどんな場所か、わかってもいやがらねえ！　特にそこのガキなんざ、本当にまだほんのガキじゃねえか？　こんなとこまでガキ連れて、呑気に遠足気分ってか⁉」

「こらー！　イセリんを馬鹿にすんな！」

レーネさん相手の口喧嘩では分が悪いと悟ったのか、相手の口撃の矛先が井芹くんに向かいました。

無表情に眺めていた井芹くんの片眉がぴくりと動きます。

「ほほう……？」

ゆらりと幽鬼のごとく見えない炎が立ち昇り、井芹くんの上体が揺らめきました。

「悪しざまにガキガキガキと……目上の者に対する敬意というものを教育してやろう……」

（駄目ですよ、井芹くん！　地が出てますよ!?）

一歩踏み出した井芹くんの肩を、がっしりと掴みました。

ここで井芹くんが本能のままに暴れてしまっては、先日の惨劇の二の舞です。私はもう、人体を継ぎ接ぎしながら血腥くヒーリングするのはごめんですからね！

「そこら辺にしときなよ、格下いじめはダサいだろ。ローラン？」

頃合いを見計らい、割って入ったのは傍観していた女性冒険者でした。

「……ちっ！　行くぞ、てめーら！」

窘められた髭の――ローランという人は、半数の冒険者を連れて、悪態を吐きながら近くの小屋の中に入っていきました。

残ったのは、女性冒険者を筆頭とする五人ばかりです。どうやら、彼らはもともとひとつのパーティではなく、ふたつのパーティが寄り集まっていた集団だったようですね。

「あんたらもいいから。ここはあたしに任せときな」

「わかりやした、姐御」

この場に彼女だけを残して、他の冒険者の方々もぞろぞろと引き揚げていきました。

「……悪かったね、あんたら。あたしは『黒猫の輪舞』で頭をやらせてもらってるジーンさね」

どこか飄々とした感じの妙齢の女性でした。

今は非武装でしょうが、身体の要所要所を黒っぽい毛皮で覆っており、頭にもすっぽりと黒い毛皮のフードを被っています。パーティ名の黒猫に由来しているのでしょうか。

年の頃は二十代後半ほどで、隙のなさそうな野性的な雰囲気がアイシャさんに似ていますね。

「そんな、こちらこそ。あらためて、俺が『青狼のたてがみ』のリーダーのカレッツです。それから順に、この騒がしいのがレーネ、フェレリナにアイシャ、サポートメンバーのタクミにイセリです。それと……あれ？」

カレッツさんが振り向いてきょろきょろとしています。

そういえば、先ほどからフウカさんの姿が見えませんね。

「……なんで、あたいだけ余計なのがつくのさ？」

「さっきのが騒がしくないわけないだろ」

「おやおや、仲がいいねえ」

いい争いをはじめるふたりに、ジーンさんが目を細めていました。

「あ。す、すみません。お見苦しいところを」

「いいさ。パーティの仲がいいことは決して悪くない。あんたらくらいの歳の時分じゃあ、それもいいんじゃないかい？」

ジーンさんは笑いながら懐から煙草を取り出し、紫煙を吹かしていました。

「んで、あんたらはどこの出身だい？　あたしも冒険者としては永くてね。この北部のことはそれなりに詳しいが、『青狼のたてがみ』ってパーティ名は初めて聞いたね。その様子じゃあ、昨日今日組んだ新設パーティってわけでもなさそうだ」

「はい。俺たちは南のラレントという町を拠点にしています」

「はあ？　てんで逆方向じゃないか？　国を縦断してまで、遥々こんなところまでご苦労なこったね」

　驚くというより呆れたように、ジーンさんは目元を手の甲で拭っていました。

　……格好といい、なにか仕草まで猫っぽい方ですね。不躾ながらこうしてじっくりと眺めてみますと、フードにつけられた尖がり耳の飾りといい、本物っぽく見えてきますね。腰に巻いた帯も、先端がふりふりと左右に蠢くさまは、尻尾のように見えなくもありません。

（……はて、動く？）

普通、帯は動いたりしませんよね。よくよく見ますと、頭上の一対の猫のような耳も、ぴくぴくと小刻みに動いているようです。

これって、まさか本物ですか？　よもや、服と思っていた毛皮も自前だったり？

「た、大変ですよ。井芹くん！　この方、もしや……噂に聞く獣人さんではありませんか？」

隣の井芹くんを引き寄せて、耳打ちします。

この異世界には私たちのような一般的に人族と呼ばれる者以外にも、さまざまな種族――亜人がいるとは聞いていました。かつて出会ったセプさんはハイエルフですし、ハディエットさんやフェレリナさんはエルフ、冒険者ギルドのカレドサニア支部ギルドマスターのサルリーシェさんは龍人です。

皆さんは耳だったり鱗や角だったりと、身体の一部以外を除いて見かけに大差ありませんでしたが、このジーンさんにいたっては体毛に猫耳に尻尾と顔つきまでが本物の猫っぽいです。こうなってきますと、もう猫以外には見えなくなってきました。

もともと私は犬猫が大好きでして、日中留守にしてしまうひとり暮らしの関係から自宅で飼うのは避けていましたが、休日には庭先に遊びにくる近所の猫と、よく戯れることがありました。縁側で膝の上に載せて、日向ぼっこをしながら寝ている猫を日がな一日撫でているのは至福の時間でしたね。

この出会い、まるで初めてあの著名団体のミュージカルを観たときのような感動です。そんな興奮冷めやらぬ私を尻目に、井芹くんは冷めた眼差しで、私とジーンさんを見比べていました。

「ふむ、たしかに獣人だな。黒豹ではなく黒猫か」

「……おや？」

反応が妙に薄くないですか？

他のメンバーにも視線を移しますと、皆さんも不思議そうに私を見つめていました。もしかしなくても、皆さん最初から気づいていて？　獣人に驚いていたのって私だけですか？

「なんだい、兄さん。獣人は初めてかい？」

腰に巻きつけていたジーンさんの長い尻尾がしゅるりと解けて伸び、私の頬を撫でるように掠めていきました。

なんともよい毛並みで、思わず頬ずりして愛でたくなるほどですが、いくら猫っぽくても相手は人間で、しかも女性です。残念ですが、それをやってしまっては、社会的に人として終わりを迎えるような気がします。

「北方面は獣人の里が多いしね。特に樹海を住処とする獣人は多いのさ。今いるここだって、獣人の村だしね」

それで納得できました。

樹上に住居が多いわりには梯子や階段の類がありませんでしたから、どのようにして出入りするのかと疑問に思っていたのですよね。獣人さんでしたら、手足に爪があり脚力も発達しているでしょうから、樹に登るのも苦ではないのでしょう。

「……変わった兄さんだね。それで、このサポートの兄さんと坊や以外は冒険者なんだろう？　だったらここがどんな場所かはもちろん知ってるよね？　あんたらみたいな擦れてない子たちが、なんでまた？」

「その……依頼です」

「南のラレントから？　この樹海にかい？」

追及しているわけでもないでしょうが、ジーンさんにしてみれば話の流れ的にも当然の疑問でしょうね。

先ほど仲裁してもらったからには、このままだんまりなのも角が立ちそうです。

しかし今回は指名依頼。その内容は極秘の『勇者』の捜索です。カレッツさんは、どこまで答えたらいいものかと推し量りかねているのでしょう。

相手も同じ冒険者だけにそこら辺は弁えてくれそうですし、お茶を濁せば察してくれそうですが、そんな融通が利かないあたり、生真面目なカレッツさんらしいといったところでしょうか。

「そこは、わたくしからご説明させていただきます」

助け舟を出したのは、意外にもフウカさんでした。

「おや、今までどちらに？」

「冒険者同士での話し合いに騎士のわたくしが介在するのは不適切と判断し、身を潜めておりました」

一般的に自由を尊ぶ冒険者と、規律を重んじる国属では、仲が悪いとされています。それを踏まえてのことでしょうが、カレッツさんと同じく、フウカさんも真面目ですね。

「国軍……？　いや、王家の直属部隊かい……？」

フウカさんの鎧に刻まれた紋章に目ざとく気づいたようですね。文字通りに、細く伸びた縦長の猫目が光ります。

一目で見分けるあたり、このジーンさんという獣人の方は、なかなかに博識なのでしょう。

「王立親衛隊所属の騎士フウカと申します。現在『青狼のたてがみ』は我ら国からの指名依頼に応じ、目下、作戦遂行中です」

「……はいはい。つまりは秘密ってことね。あたしも冒険者、無理に依頼内容を訊き出すような野暮はしないさ。国から直接の依頼となると、興味は尽きないけど……ね」

降参とばかりに、おどけたようにジーンさんが両手を挙げました。

「ってこた、さっきのはローランの馬鹿の完全な早とちりだったってわけだね。あの馬鹿には、あとから詫び入れさせるから、勘弁しとくれよ」

フウカさんの口添えのおかげで信用してもらえたこともあり、ジーンさんはいろいろと教えてくれました。

ジーンさんがリーダーを務める『黒猫の輪舞』、先ほどのローランさん率いる『黄虎の爪』を含めて、このトランデュートの樹海には、常時三十組近い冒険者パーティが日々巡回しているそうなのです。

主な目的は、以前にもカレッツさんたちがカンガレザ草原でやっていた〝間引き〟ですね。

なにせこの広大な樹海ですから、自然の魔力スポットである魔力溜まりも数多く存在しており、気を抜くと甚大な魔物被害が発生しやすいそうです。つまり、彼女たちは魔窟封じや魔物殲滅についてのエキスパートということになりますね。

過去に北方が幾度となく被害に見舞われた経験から、事前に危機を回避すべく、最寄りの都市である北の都カランドーレでは、常にトランデュートの樹海に対してこういった間引き依頼が行なわれているそうです。

「あいつのいい分も少しはわかってやっとくれ。あいつは人相も口も態度も悪いが、性根まで腐った奴じゃない。馬鹿は馬鹿でも、カランドーレで暮らすひとり娘を守るために、この樹海に何年も命がけで通い続けているような親馬鹿だ。子供まで連れているあんたらを見て、ことさらむかっ腹が立ったんだろうさ」

難所と名高いトランデュートの樹海だけに、怖いもの見たさの物見遊山気分の冒険者や、安易な腕試しにやってくる新人冒険者も多いそうです。嘆かわしいことに、そんな樹海を甘く見る輩に限って、若い命を落とすことが多く……つまり私たちも、そのようなパーティと同類に見られていたということでしょう。

ローランさんのあの暴言や蛮行も、苛立ち半分の心配半分だったということですね。ですが、あのような振る舞いでは、察しろというほうが無茶でしょう。なんとも紛らわしいものです。

「あんたらはこの樹海の先にまだ用があるんだろう、どこまで行くつもりなんだい？　ここではあたしらが一日の長があるからね、助言くらいはしてあげられるよ？　騒がせた詫びも兼ねてさ。依頼内容を詮索されたくないから関わるなというなら、無理にとはいわないけどね」

ジーンさんの言葉を受けて、カレッツさんが皆に確認するように視線を配りました。

なにせ、ここはパーティ全員にとって未知の地です。もちろん、私としては差し支えはありません。それは、他の皆さんも同じようですね。

最後に依頼者側のフウカさんの首肯をもちまして、カレッツさんはジーンさんに頭を下げました。

「お言葉に甘えて、よろしくお願いします」

「ふうん、必要なときに素直に頭を下げられる奴は大成するよ。カレッツ、とかいったっけ、あんた？　この先、いい雄になりそうだね。人族じゃなかったら、今夜一晩くらい相手をしてあげてもよかったくらいだよ」

「いえあの。からかわないでもらえると……」

「はっはっ、見かけ通りの初々しさだね。半分が雌のパーティ引き連れて、そんなんで大丈夫かい？」

咥え煙草で豪快に哄笑するジーンさんに対して、カレッツさんは身を縮こませて真っ赤になっていますね。

こういうことには、カレッツさんはまだまだ免疫がないようです。なにやら微笑ましくもありますね。

「はいはい。うちのリーダーで遊ぶのも、その辺でお願いしますね」

すっと前に出たのはアイシャさんでした。

「……へえ」

「なにか？」

「あんた、やるだろ？　それもかなり」

ジーンさんの切れ長の瞳が、わずかに光ったような気がしました。

「……高ランクの方に評価されるのは光栄ですけれど、買い被りですね。それより、こちらを見ていただきたいのですが」

「おやおや、そっちも詮索するなってかい？　どうも、あんたらのパーティはちぐはぐで面白そうだね」

一瞬、ジーンさんの視線がちらりと私と井芹くんにも向いたような感じがしたのですが、気のせいでしょうか。

「ほお、これは……一見へんてこだけど、樹海の地図だね？　この、とりあえず目的地に着ければいいって描き方は、出所は行商人かい？」

「それこそ詮索無用です。こちらの目的地は……ここです。この迂回ルートでは時間がかかりそうですから、こことここ……それにここ。ショートカットして移動しようと考えているのですが、先駆者の意見としてはどうでしょう？」

アイシャさんの指先が、地図上をなぞっています。

なるほど、助言に乗じて、この機に有益な情報を仕入れようということですね。さすがは気の利くアイシャさんです。ここは彼女にお任せしておけば間違いないでしょう。

「この地図は、肝心な部分以外がおざなりだね。まず、ここは駄目だよ。描かれちゃいないが、大きな地割れがあって通れない。あと、ここらは魔素が濃い。よっぽどの腕自慢なら別だけど、普通は避けて通る場所さ。逆にここは、この地図に載ってないが、通り抜けられるから近道だよ。ついこの間、他の冒険者連中がいくつか魔窟を散らしたからね。今なら危険度も低いだろうさ。ここともここもね」

ジーンさんが手早く指示していくのを、アイシャさんが口内で反芻しながら記憶していっているようです。

私はこういう暗記物は苦手ですから、頼りになりますね。

「あと、クレバスにはくれぐれも注意することだね」

「クレバス……ですか？」

「地獄の釜への落とし穴、ってところかね。あまり知られちゃいないが、この樹海の下――地の底には、モグラの巣穴のように張り巡らされた大空洞があってね。地表に近い場所に裂け目ができて、樹海のいたるところに口を開けているのさ。茂みや草むらに隠れてるもんだから、時には魔物の群れ以上に厄介だよ。落ちたら一巻の終わり、まず登ってこられる深さじゃないのさ。くれぐれも気を付けるこったね。現状でわかっている場所は……ここここに数メートル規模の目立つ穴がいくつか。こっちは亀裂が大きくて、逆に判別しやすくて安心かもね。それと、この集落の東側は地盤が緩いから、なるべく近づかないこと、いいね？」

『クレバス』とは、地球では氷河や雪渓にできる割れ目のことですが、ここでは大空洞に繋がる穴もそう呼ばれているのですね。

「……ふふっ、これは……とても助かる情報ですね」

アイシャさんが口元を押さえて、嬉しそうに微笑んでいます。

これでパーティの危険が減るのですから、本当にありがたいですよね。ここでジーンさんと出会えたのは天恵かもしれません。ある意味、ローランさんでしたか、に絡まれたカレッツさんのおかげでしょうか。

「ありがたいけれど……そんな重大なことを知らなかったなんて、不覚だったわね。危うく全員仲良く地の底に、なんてこともあったかもしれないわね」

「いいじゃん、フェレリん。こうしてなにかある前にわかったんだしさ。結果オーライってね」

「いや、本当に知らないと危ないところだった……貴重な情報をありがとうございます、ジーンさん」

皆さんも、思わぬ新たな情報提供に、思い思いに喜んでいるようです。特にリーダーのカレッツさんなど、あからさまに安堵しています。

こういったことを聞きますと、いかに自分たちが準備不足で、難所と称されるこのトランデュートの樹海を甘く見ていたか痛感しますね。

今にして思いますと、『黄虎の爪』のローランさん、あの方が怒ったのも無理ないのかもしれません。

仲間内でわいわいとしている光景を眺めていたジーンさんから、ふいに笑みが消えました。その表情は真顔というより、あえて感情を抑えて無表情を装っているようです。

ジーンさんは吸い終えた煙草を地面に落とし、爪先で踏み消しました。

「盛り上がっているところ、悪いけどね。最後に、樹海に慣れてなさそうなあんたらに忠告だよ。仮になんらかの事情で仲間とはぐれてしまっても、むやみに捜さないことだね。素人が当てもなく魔物の徘徊する樹海をうろつくなんざ、それこそ自殺行為さ。事前に次の集合場所を決めておいて、そこで仲間が集まるのを待つこと。ただし、期限を決めて、それでも現れないときは――無駄だから。わかるね？」

打って変わった冷徹な物言いに、一気に雰囲気が盛り下がりました。

ジーンさんの言葉には実感がこもっています。ここも永いというだけに、実際にそのようなことを幾度も経験しているのでしょうか……告げられた理屈がわかるだけに、誰も反論できません。

「白けさせちまって悪かったね。ま、あくまで〝そんなこともある〟って戒めってやつだよ。もちろん、なにかあるときもあれば、なにもないときもある。それは普段の冒険と一緒だろう？　……長話が過ぎたね。あんたらも明日は早いんだろう？　話は通しておくから、今夜はこの集落で好きに休むといいさ。今後、この先で他の冒険者たちや樹海の住人たちと一悶着あったら、あたしの名前を出すといい。ちったあ役に立つだろうさ。じゃあ、よい冒険になることを祈っているよ」

ジーンさんは一方的に告げますと、後ろ手に手を振りながら、仲間の去っていった方角に歩いていってしまいました。

なんといいますか、気を引き締めろと釘を刺されたどころか、ずどんと太い杭を打ち込まれた気分ですね。精神的に手痛い教訓です。これもまた冒険者同士の洗礼のようなものなのでしょうか。

「……じゃあ、俺たちも明日に備えて休むか」

「ええ」

「そだね」

パーティ歴の永い元祖『青狼のたてがみ』の三人は、いっそうダメージが大きかったようですね。

せっかく、夕食には昼間に倒した〝大角持ち〟の肉で、井芹くんが腕を振るってくれましたが、いまいち盛り上がりに欠けたようです。

あのレーネさんですら口数が少なくなってしまい、その晩は集落の一画を借りて、早々に休むことになりました。

彼らとて冒険者。これまでも命がけの場面は何度もあったでしょうし、今も命がけの覚悟でしょう。それでもナーバスになってしまったのは、ここが拠点から遥か遠く離れた未開の地で、先達冒険者の言葉から、依頼の難易度を現実問題として直視してしまったからかもしれません。

ですが、まだ若いとはいえ、彼らもプロフェッショナル。この一晩で消化し、明日にはまた元気な姿を見せてくれることでしょう。

私も、夜営地の簡易ベッドに仰向けになりながら、ジーンさんが最後にしてくれた忠告を反芻しました。

あれはたしかに正論です。仲間のひとりを助けようと、その他が犠牲になってしまっては元も子もありません。

ただ、私としては、どのような事態になろうとも、仲間の命を諦めるつもりはありません。そのためならば正体を晒そうとも、いざというときに力の出し惜しみはしないつもりです。

（……まあ、そんなことがないことを祈るばかりですが）

樹海を覆う木々の天幕、その隙間から微かに届く夜空の星々の光を見上げながら——私は眠りに身を任せるのでした。

それから、わずか二日後のこと。私はひとり暗闇の中にいました。

頭上を見上げますが、そこもやはり真っ暗闇で、なにも見通すことができません。

はて。最後の記憶はなんだったでしょうか。

刹那の浮遊感に落下感。次いで転落感――って、転落感なんて単語ありましたっけ。転がり落ちる感じという意味では、正しいような気もしますが。今は別にどうでもいいですよね、はい。

総合しますと――どうやら私はジーンさんの注意にあったクレバスとやらに、ものの見事に落っこちてしまったようですね。延々と斜面を転がり落ちたようで、とうの昔に方角も見失っています。戻れる見込みゼロですね。

さて、困りました。これからどうしましょう？

なぜ、こんなことになったのか……ほんの十分ほど前を思い返してみました。あれは、アイシャさん先導のもと、次の集落へ移動している最中でしたね。

奥へ奥へと進むにつれ、樹海を根城にする野獣だけではなく、魔物との遭遇戦も多くなってきました。

行商人さん秘伝の地図上のルートでは、なるべく凶悪な魔物が徘徊する場所を避けていたようですが、なにせ迷宮に等しい樹海ですから、〝はぐれ〟が多いのかもしれませんね。

「ふう〜、今の魔物は妙に手強かったですね」

本日もう何度目かも知れない、戦闘を終えたところでした。

今倒したのは、体長五メートルほどもある巨大な四足歩行の魔物です。周囲の木々などお構いなしに薙ぎ倒しながら突進してくるものですから、対処に苦慮しましたね。

近接戦はあまりに危険ということで、カレッツさんとレーネさん、フウカさんが援護に回り、アイシャさんの鞭で威嚇、フェレリナさんの精霊魔法で足止め、私の弩弓で止めを刺しました。それでも弩弓の岩弾三発でやっと倒れましたから、とんだ耐久力ですよね。

「今の魔物の名前はなんというのです？」

「今のやつですか？　〝大角持ち〟ですよ」

陽動で走り回り、隣で汗を拭っていたカレッツさんが答えてくれました。

「ん？」

〝大角持ち〟といいますと、初日にもお目見えした猛牛ではありませんでしたっけ。あのお肉が意外にも美味しい。

「さっきのあれ、魔物でしたよね？　黒かったですし、眼も紅く……」

たしかに二回りほど体躯が大きいことを除けば、同じような立派な角がありましたし、シルエットも似てはいましたが、特徴としては丸っきりの魔物でした。

「厳密には〝魔物もどき〟ですね。以前にも説明したかもしれませんけど、魔物は魔力密度の濃い〝魔力溜まり〟で自然発生します。滅多にありませんが、そんな場所に棲んでいる生き物が、魔力に浸食されて魔物化することがあるんですよ。〝魔物堕ち〟や〝魔物成り〟とも呼びますが、ようは魔物一歩手前の〝なりかけ〟ですね」

「なるほど。なんとも不思議な現象ですね……」

まあ、それをいいはじめては、魔物が発生すること自体が摩訶不思議なのですけれどね。

いわれてみますと、どうりで先ほどの魔物は、黒い体躯のところどころに元の毛皮の部分が残っていたわけですね。そういう理由でしたか。

それにこれまでの魔物でしたら、倒すと黒い靄となって消えてしまったはずですが……先ほどの猛牛は、今も消えずにその巨体を地面に横たえています。

何気なく見やったとき――影がもぞりと動いた気がしました。

「――！　カレッツさん、後ろっ！　危ない！」

突如、横倒しから跳ね起きての突進に、気を緩めていたカレッツさんは反応できていません。

「うわっ!?」

咄嗟にカレッツさんの襟首を引っ掴み、安全圏に放り投げました。

きます。

間一髪で私の真横を通り過ぎた牛もどきが、そのまま木々が生い茂る向こうに消えていきます。

無防備なまま背後からの直撃を受けていれば、カレッツさんもただの怪我では済まなかったでしょう。死んだふりとは、牛ながらなかなか狡猾でしたね。

「痛たたた……助かりました、タクミさん」

頭上の大木の枝に逆さまに引っかかったカレッツさんが、力なく手を振っています。

手加減する余裕もなく、申し訳ないことをしましたね。

「それで、あれ。どうしましょう？」

とりあえず、牛が走り去った方向を指差します。

あの巨体ですから、茂みを蹴散らして逃げた先が、目印代わりの通り道となって完全に残っています。追いかけるのは容易でしょうが、反撃してくるならともかくとして、逃げる分には放っておいても構わない気もしますが。

「別に――」

「追いかけて！　完全に魔物化する前に倒さないと！」

「わかりました！」

誰かの指示の声に、私は反射的に走り出していました。

枝葉に隠れて姿は見えませんが、私と並行してもうひとり、頭上の枝伝いに誰かが追跡してきているようですね。

あの身軽さはレーネさんかアイシャさん、それとも森が故郷のエルフのフェレリナさんでしょうか。すでに私の位置からは牛の痕跡を見失っていますが、上からは視認できているのでしょう。時折、短く方向転換の指示が飛んできています。

「そこを左！」

「はい、左ですね！」

――と、踏み込んだ足の先の地面が消えていました。大地を横断する大きな裂け目が、ぱっくりと口を開けています。

「おお……おおおお……」

両腕を羽ばたかせての急ブレーキ！　――と、そこまではよかったのですが、辛うじて地面に残っていた軸足になにかが巻きつき、身体が天地反転して両足が宙を舞いました。

「……おや？」

草か蔓にでも足を取られたのでしょうか。

空中に投げ出されてからの一瞬の浮遊感――そして、次いで襲いくるのは落下感――

飛ばない豚はただの豚かもしれませんが、そもそも飛べない人間はなんになるのでしょう。そんなしょうもない疑問が頭を過ります。

「……むう、困りましたね」

腕組みをしながら、私は真っ逆さまに暗闇の中に呑まれていくのでした。

で、今現在。

暗闇の中で先ほどの場面を回想しつつ、じっとしていますと、次第に目も慣れてきました。

明暗の差で真っ暗闇に感じていましたが、どこからかわずかに差し込む外界の光のおかげで、実際には完全な暗闇というわけでもないようですね。

どうやらここが樹海のクレバスの下、地の底にあるという大空洞なのでしょう。ただの空洞ではなく、頭に〝大〟とつくだけありまして、相当な規模の空間であることは推測できます。

ぱっと見ですが、トンネルのように先まで長く続く洞窟となっているようです。前後の空間は闇に閉ざされており、とてもではないですが全貌が見渡せません。

見上げても、落ちてきたはずの地上の断裂が窺えないことからも、穴は垂直ではなく、よほど複雑に入り組んでいるのでしょう。どうりで、自由落下に近い速度で転げ落ちている最中、ピンボールの球よろしくあちこちの岩棚や岩壁に叩きつけられたわけです。

底に到達するまで、およそ数十秒ほどかかったでしょうか。直線距離でも軽く二キロほどは落ちたような気がします。とんでもない深さですね。

常人でしたら、落ちる過程ですりおろし状態だったでしょう。運良く岩壁に触れずに落下できても、最終的にはぺしゃんこですけどね。このときばかりは、無駄に頑丈な身体に感謝です。

ここの構造としては、ジーンさんが評したモグラの穴というのが、いい得て妙かもしれませんね。

ただし、穴を掘ったのはモグラではなく水でしょう。そもそも、ここは河――もとい、地下水脈でも流れていたのかもしれません。粗い岩壁の上下を見比べますと、明らかに下に行くに従って岩肌が滑らかになっています。長い年月をかけて、水流で削り取られた証なのでしょう。

ただ、手で触れても湿り気をまったく感じないことからも、地下水脈が枯れたのはずいぶんと昔でしょうね。もしや、上の樹海の木々の根に、吸い上げられたのでしょうか。

「やっほー！」

大声で叫んでみますが、虚しく反響するばかりです。

上の皆さんは、私の不在に気づいているでしょうか。少なくとも、あのとき一緒にいた方は、私が落ちるところを見ていたと思うのですが……一応、呼び声でもしないか耳を澄ましてみますが、それらしき声は聞こえません。

地表に届くかはわかりませんが、岩盤をぶち抜いて東京スカイツリーでも創生して……なんてのは無理ですよね。仮に地表まで突き抜けたとしても、その衝撃でここら一帯が崩落などしてはたいへんですから。私は生き埋めになってもなんとかなりそうですが、地上の誰かが巻き込まれでもしては、目も当てられません。

未経験のロッククライミングも試してみましたが、ここの岩質は非常に割れやすいようで、私の技量ではとても登るどころではありませんでした。それに、途中まで登って落ちてふりだしに戻るを繰り返すとなりますと、身体は無事でも心のほうが先に挫けてしまいそうです。

そもそも現在位置を把握していない状態で、単に上に登ったとしても、そこが先ほど落ちた裂け目に繋がっているとも限りません。落下中にあちこちで弾かれながら、ずいぶんと変な場所まで転げ落ちてしまったようですし、苦労して上まで登っても、肝心の出口がないなんてことも普通にありそうです。

そうなれば、残るは正攻法。移動しながら出口を探すのが最適でしょうね。

この周囲だけでもかなりの高低差が見受けられますから、場所によってはここより地表に近い部分もありそうです。目指すは枯れた水脈の上流、上りの傾斜を選んで進むことで、上手いこと地表に出られる抜け穴でも見つけられるかもしれません。

ここは先に進み、一刻も早く皆さんとの合流を目指すことにしましょう。

行けども行けども変わり映(ば)えしない岩肌と、薄暗闇ばかり。こんなところを三時間も歩いていますと、さすがに少々飽(あ)きてきました。

道――というか岩場ですが、緩(ゆる)やかな上り傾斜をずっと登っていますから、着実に地上へ向けて進んではいるのでしょうが、周囲の景色に変化はありません。落ちた距離が距離ですから、簡単に地上に出られるとは思いませんので、先はまだまだ長そうです。下手をしますと、何日もここを彷徨(さまよ)うことになりそうですね。

『樹海の地図、クリエイトします』

「ちょっと退(ど)いてください。邪魔ですよ」

手元を払い除けて、地図を広げます。ついでにライトと方位磁石(じしゃく)も創生し、現在位置を確認しました。

樹海移動の道すがら、アイシャさんに地図の見方を教えてもらっておいてよかったですね。おかげさまで、こうしてなんとか現在地を見失わずにいられます。アイシャさんには感謝ですよ。

「……うーん。方角はこのままでよさそうなんですよね。あっ？」

横合いから地図が破かれ、ライトが遠くに弾き飛ばされてしまいました。方位磁石もどこかに転がってしまったようですね。

まあ、替えはいくらでも利きますので、いちいち気にするのも面倒です。

不幸中の幸いというべきか、この洞窟はエイキを見たという集落に向かい、ほぼ一直線に延びているようです。もしかしたら、樹海の木々を迂回したり、危険地帯を回避しないで済む分、私のほうが上を行く皆さんより先に着いてしまうかもしれませんね。

「あ、前を塞がないでくださいね。そこのあなたも」

前方を腕で掻きわけ、足元を爪先で蹴飛ばしつつ、道なき道を進みます。

起伏に富んだといいますか、自然百パーセントの起伏しかない道程ですが、上の樹海を進むのとそう大差はないでしょう。横移動に苦労するか縦移動に苦労するかの違いくらいで。

地下には大小さまざまな岩石が積み重なって足場こそ不安定ですが、こちらが空間的に開けていて広い分、私的にはむしろ移動しやすいかもしれません。

「もっとも、もう少しだけ、コレがどうにかなってくれますと、ありがたいのですけれどね……」

前後左右、見渡す限りの魔物の群れ。闇に浮かぶ夥しい数の紅い瞳の輝きが、視界いっぱいに蠢いています。

光源がない中、紅い光は照明代わりになって便利なのですが、なにぶん行く手が塞がれてしまい邪魔なのです。手足に噛みつかれている分は特になんともないのですが、図体の大きい魔物に前に立たれたり、顔に張りつかれたりすると視界を遮られてしまうので迷惑ですね。

「こら、それはやめなさい」

頭から齧りつこうとしていた蛇の魔物をデコピンで弾き飛ばします。蛇は岩壁のほうまで飛んでいき、壁際で霧散して消えました。

この分では、この大空洞のどこかに魔窟でも発生しているのでしょうね。閉鎖空間だけに、閉じ込められた魔物も溜まる一方ということでしょうか。

もしや、樹海に出現する魔物とは、この地下のいずこからか這い出た分なのかもしれませんね。

最初はこの状況に驚き、いちいち迎撃していたのですが、一時間もしますと時間の無駄と気づきました。なにせ何百匹も何千匹も押し寄せてきますから、倒しても倒しても切りがないのですよね。

二時間が経過した頃には追い払うのも億劫になり、三時間も経った今ではご覧の通りのなすがままの有様です。

手足に胴体と隙間なくびっちりと魔物に噛みつかれたまま、引きずりながら移動しています。魔物も根性があるのか、滅多なことでは放そうとしません。傍から見れば、ちょっとした黒い小山が動いているようでしょう。まるで猿団子ならぬ魔物団子か、はたまた魔物でできた蓑虫か――どちらにしても、見栄えのするものではありませんけれどね。

この状況で偶然発見したのですが、この魔物とやら、どうやら同士討ちをする習性がないらしく、魔物が身体にたかっているうちは、他の魔物が攻撃してくることはないんですよね。

ですので、この魔物の衣は、効果的な対魔物ガードでもあるわけです。……すでに噛まれて攻撃されているのでは？　というツッコミはなしの方向で。

これが通常の獣でしたら、こうはいきませんよね。

噛まれた時点で涎や体液でデロデロ、獣臭い体臭に不衛生な躰をすり寄られてトホホなことになるところですが、疑似生命とやらの魔物には体液も生臭さもないのです。生物ではありませんから、細菌や寄生虫の類もないようで。おどろおどろしい見た目によらず、意外にもクリーンなので驚きましたね。

こうして身体にまとわりつかれていても、歩きにくいこと以外は特に問題なかったりします。これ、魔物対策として有効利用できないでしょうか。無事に合流できたら、皆さんにも教えてあげましょう。

ただし、私を中心に魔物たちがぞろぞろとついてきていますから、傍目には百鬼夜行か大名行列かといった様相なので、そこはいかんともしがたいですが。

その日は六時間ほど歩いてから、休息を取ることにしました。

周囲を埋め尽くす紅い瞳の仄かな光がムーディすぎますが、長時間を足場が悪い足元に注意して歩いていましたから気疲れしました。なんだか、今日はよく眠れそうですね。

魔物を寝床代わりにして横になりますと、すぐに眠気が襲ってきました。

寝過ごさないように、目覚ましはかけておきましょう。壊されないように懐に抱いておけば大丈夫でしょうね。

食料事情もありますから、明日くらいにはなんとか活路を見い出したいものです。では、おやすみなさい。

一方、その頃――カレッツは悩んでいた。

タクミが行方知れずになってから、すでに二日……次の集落に着いてから、丸一日待ってみたが、ついにタクミが戻ってくることはなかった。

最後に見た、茂みの向こうに走り去るタクミの後ろ姿が瞼に焼きついている。もっとだった。

強く追撃を引き止めていれば——即座に追いかけていれば——と後悔しても、あとの祭り

あのあとにレーネたちと合流し、周辺をくまなく捜索したが、タクミの姿を見つけることはできなかった。

タクミのあとを追っていたアイシャも、途中ではぐれて見失ったそうだ。代わりにもたらされた情報は、タクミが向かったと思しき先に広がる、例のクレバスの存在だった。

どうやら、慣れない樹海の移動と度重なる戦闘で、予定のルートよりもだいぶ危険地帯に近づいてしまっていたらしい。

案内役のアイシャは懸命に詫びていたが、それもまた気づけなかったリーダーである自分の責任だと、カレッツは自責の念に駆られていた。

〝無駄だから〟——あのときに聞かされた、ジーンの言葉が胸に突き刺さる。

そんなカレッツの胸中を察してか、レーネは普段よりも奔放に振る舞って、周囲を元気づけようとしてくれている。いささか煩わしいほどであったが、カレッツにはそれが嬉しかった。

フェレリナは樹海に入る前、万一に備えて、前もって全員に精霊の護りを付与していた。直接的な守護ではなく、小さな精霊を被術者に追随させ、味方の安否を伝えるというものだ。

残念ながら、認知範囲から脱してしまっているそうだが、被術者が仮に命を落とすようなことがあれば、精霊は術者のもとに戻ってくる。つまりは被術者であるタクミが存命していることだと、フェレリナはカレッツに伝えていた。彼女らしい慰め方に、カレッツは心温まる思いだった。

もともと三人は『青狼のたてがみ』結成時から袂を連ねているだけに、その存在は心強いものだった。カレッツはそんなふたりがいてこそ、自分のような未熟者が、こうして曲がりなりにもリーダーという重責を果たしてこられたのだと、改めて痛感している。

国からの出向の立場であるフウカは、自らなにか意見を発することもない。今回の事態も、すでに〈共感〉スキルをもって、依頼主であるベアトリー女王に報告しているはずだが、それについての見解の類もいっさいなかった。

アイシャはやはり責任を感じているのか、あの日以降、皆から距離を置きがちだった。隠れるように、ひとり木陰などに佇んでいることが多くなった。顔を隠して肩を震わせている場面を、よく見かけるという。

カレッツは、同性であるレーネやフェレリナにフォローを頼んでみたが、進展がないところを見ると、成果は芳しくないらしい。必要以上に思い詰めないでいてくれれば――と、カレッツは心労が絶えない。

意外にも、普段からタクミと意気投合していた感のあるイセリは変わりはなかった。見かけは年齢通りの子供でも、あの冒険者ギルド支部がサポーターとして推挙してくるだけに、それなりの修羅場を潜っているのかもしれない。

しかし、どれほど任務上の出来事と割り切っていても、感情は切り離せないものだ。あの無垢な笑顔の下で、少年がどれほど心配しているのかを思うと、カレッツも心が痛む。

（……こんなんじゃ、駄目だよな）

カレッツは、自責の念に駆られているこの無様な現状を自嘲した。

パーティの舵取りはリーダーの役目だ。そんな自分がこうくよくよしていてどうすると、自らに発破をかける。

「皆！　ここはいったん予定通り、依頼の遂行のために先を目指そう！　なに、タクミさんなら大丈夫。またひょっこりと、『すみません、迷っちゃってました』くらいの感じで戻ってきてくれるさ！」

そう、なにせタクミは救国の英雄だ。そんな彼が、こんなことで死ぬはずがない。きっと、無事な姿を再び見せてくれる。

カレッツは私情を抑え込み、自らにもいい聞かせるように、そう仲間に告げるのだった。

一方、その頃――アイシャ、すなわちイリシャは悩んでいた。

運に多分に左右される、にわか仕込みの作戦だったが、思いのほか上手くいった。これ以上ないタイミングで標的が鞭で足を掬い取られ、大口を開けたクレバスに落ちていくさまは、実に痛快なものだった。顔が反対側を向いていて、絶望に染まった表情を見られなかったのは残念だったが、これで積年の想いを果たせるかと思うと、危うく身を隠した樹上で絶頂に達してしまいそうだった。

しかし問題は、まだ標的が生きているということだった。

イリシャの有する〈超域探索〉スキルは、その存在を捉えている。想像以上にクレバスの下の大空洞とやらは深かったが、そこからの落下に耐え得る標的もまた想像以上だった。

（二キロ下に落ちて平気とか、異世界人ってのは化けもんかよ⁉）

最初はそう唖然としたが、今の状況もそれはそれで捨てたものではないことに、イリシャは気がついた。

〈超域探索〉で感知した標的は、戦闘行動を取っていた。つまり、地下にはなんらかの敵がいるということだ。

真っ暗闇でひとりきり。襲いくる敵。食料もなく、仲間の助けもなく、地上に戻れる見込みもない。そんな惨めな状況で、脆弱な人間の精神が持つわけがない。

神聖魔法を使えると得意がってはいたが、地下深くは神の恩恵が届きにくく、効果も著しく減じると聞く。怪我と疲労で体力が失われ、魔力も尽きたとき、人はどのように惨めに足掻くのだろう――イリシャはほくそ笑む。

（ついでに地下に魔窟でもあって、魔物に襲われっぱなしとかだったら、サイコーなんだけどな！　でも、餓死も捨てがたい――あれも、とんでもなく辛い死に方だって聞くしね！　きひひっ！）

〈超域探索〉スキルでは位置を判別できても、その状況まで見通せるわけではないのが悔やまれる。

現在の標的の居場所は直線距離ではおよそ十キロほど。いまだ辛うじて生き意地汚く地下を彷徨っているようだが、その歩みは大荷物を抱えてでもいるように遅い。時折、戦闘行動を起こしているため、襲撃も継続中のようだ。数時間も動かなくなることがあるから、そろそろ疲労の限界かもしれない。

（絶望と空腹と疲労で動かない身体、不意に襲われる恐怖、まともに寝られもせず限界まで足掻いては気絶する日々……ああ、なんて想像するだに恐ろしい、生き地獄なんだろう。またイっちゃいそうだよ……）

イリシャは標的のさまざまな悲惨な最期を妄想し、顔を歪ませた。

思わず仲間を心配する演技ができなくなり、パーティの連中から隠れることも多くなったが――あの甘ちゃん連中は、妙な方向に勘違いしてくれているので助かった。もとより、目的はほぼ達成間近なだけに、後腐(あとくさ)れなく始末してもよかったのだが、『剣聖』と王国騎士の存在が厄介(やっかい)すぎた。

まあ、雑魚(ざこ)どもはほっといても支障(ししょう)ないか。標的の死を確認できたら、さっさとおさらばするだけだしね——イリシャは再び喜悦(きえつ)に肩を震わせ、ほくそ笑むのだった。

◇◇◇

一方、その頃——井芹は悩んでいた。

最近の食事は肉料理が多い。ここは栄養バランスも考え、魚料理も振る舞ってみるべきかと。

しかしながら、あいにくと魚の在庫が尽きかけている。カランドーレは水の都だけに新(しん)鮮(せん)な魚も多く、大目に仕入れていたのだが、調子に乗って魚料理を連発したのがまずかった。今後、ずっと肉料理ばかりという安直なメニューも、この『剣聖』の名にかけて避けたいところだ。

——とまあ、井芹はまったくタクミの心配をしていなかった。

（あやつ、脱出のために樹海を火の海とかにはしてくれるなよ……）

そんな心配はしていたという。

遭難生活三日目。この地下生活にもだいぶ慣れてきました。ま、慣れてきたとはいいましても、相も変わらずに魔物を引き連れて、道なき道を進むばかりですが。

心配していた食料事情も一応は解決しました。

以前は〈万物創生〉で創ったものは、満腹感は得られても栄養にはならなかったものですが、どうやら前回のパワーアップを機に、そこいらあたりも多少は改善されたようでして。以前よりも身になっているように感じます。この分ですと、一週間くらいでしたら問題ないでしょう。

食料のほうはそれでいいとしましても、困ったのは魔物のほうです。日を重ねるごとに、数の増加がいっこうに止まる気配がありません。

具体的には、最初は魔物の水溜まりを避けながら進んでいたものが、今では魔物の海を泳いでいるような気分ですね。この地下大空洞が魔物の養殖場かなにかでは、と訝ってしまうほどの物凄い数です。

正確に数えたことはないのですが、すでに万単位には達しているでしょう。非常に邪魔なこと、この上ありません。

時折、間引いてはいるのですが、焼け石に水とはこのことですね。ある程度周囲を一掃しても、またすぐにいずこからか集まってくる次第です。

それもそのはずで、当初ここには魔窟でもあるのではないかと疑っていましたが、実際にありましたね、魔窟。しかもすでに三つほど。とりあえず、道すがらにさくっと潰しておきましたが。

地図上では、現時点で目的地までの三分の二の行程を終えています。

連日、これだけ上り坂を進んでいるのですから、かなり地上との距離も縮まってきたのではないでしょうか。もうそろそろ、地上への脱出手段も考えておく頃合いかもしれません。

そうなりますと、兎にも角にも問題は、この魔物たちですよね。いくら地下とはいえ、これだけの数の魔物を放置しておくのもまずいでしょう。今後を見越して、根こそぎ退治しておく必要もあるかと思います。

できれば、大空洞の崩落崩壊を避け、地表に影響が出ない方向でいきたいですね。

下手に高火力な手段も控えたいところです。これだけの規模の樹海で火事を起こしたとなりますと、火の海くらいでは済まないでしょう。大規模森林火災は、火災の被害だけに留まらず、環境に与える悪影響も懸念されますからね。

「あ、すみません。考え中ですので、邪魔しないでください」

三つ首の巨大な犬型の魔物が襲ってきましたので、三つ纏めてビンタで撃退しました。

近場の岩に座っての休憩中にも、忙しないことですね。少しは四肢に大人しく噛みついている魔物たちを見習ってほしいものです。

そういえば、左の二の腕を齧っているあなたは、もう今日で二日目ですね。気合が入っていますか。だから、なんだということもありませんが。

遭難生活五日目。ついに、暗闇を頭上からの灯りが照らしました。ずいぶんと久しぶりの天然光です。

直上の距離にして、高さ三百メートルほどはあるでしょうか。ですが、これぐらいなら登れない高さではありません。

「さて……」

一息吐き、周囲を見回しました。

「う～ん。見事なまでの魔物の軍勢ですね……」

周囲もさることながら、大空洞のはるか後方まで続く魔物の列。全てを見渡せないほどの膨大な数、どんな魔物がどのくらいいるのでしょうね。

『魔物の総数三万二千五百七十四。脅威度Aランクにカテゴライズされる魔物五百八十四、Bランク二千八十三、Cランク――』

「いえ、ちょっとやめてください、〈森羅万象〉さん。勝手に発動しないように。頭痛くなるんですから」

数百を超える魔物の名称とかを、頭に直接流し込まれても困るのですが。

この五日間、ひとりきりで会話もなく、つい人恋しくなりまして。頭痛がしない程度に〈森羅万象〉スキルを話し相手に、寂しさを紛らわせていたのですが……ずいぶんと仲良く（？）なりまして。油断しますと、呼びかけなくても思い浮かべた疑問に勝手に答えるようになってしまいました。

そういえば、当初は〈万物創生〉も、勝手に思考を読み取って創生することがありましたね。まだ扱いに慣れていないからでしょうか。

この超弩級の偏頭痛さえなければ、別に構わないのですが……こればかりは、どうにも慣れません。〈森羅万象〉のスキル使用は、意識的に自制しないとこちらの脳みそが持ちませんから、しばらくは封印です。大人しくしておいてもらいましょう。ぱんぱん、と。

では、あらためて、この三万二千もの魔物の群れ――どうしましょうかね？　この場で壊滅させてから脱出したほうが後腐れなくていいのでしょうが、この数だけに時間がどれだけかかるかわかりません。

いっそ、いったん脱出してから攻撃したほうがいいでしょうか。例のスラスターライフルでしたら——って、これは却下でしたね。爆発物の類もなしです。樹海が炎に包まれるさまが容易に目に浮かびます。井芹くんあたりに、しこたま説教されてしまいそうですし。

（うん？　井芹くん……？）

井芹くんといえば、かなり以前ですが……面白いことをいっていましたね。

（あれ、使えないでしょうか……？　ふむ、いけそうな気はしますね）

となりますと、あと残るは脱出手段ですか。

頭上に開いたクレバスから、すでに空は見えています。脱出自体はそう手間でもなさそうですが、普通によじ登っていきますと、間違いなく魔物たちもついてきますよね。私と一緒に魔物まで外界に出てしまっては、意味がありません。

かといって、飛行物を創生して脱出するのも、なにかと問題がありそうですね。光の差し込み具合からして、クレバスの隙間はおそらく人ひとり分あるかどうか、創生物が通れるのか怪しいところです。

無理に押し通っては、岩壁が崩れて亀裂が広がってしまう恐れもあります。ただでさえ落ちては危険なクレバスですから、わざわざ拡大して今後の樹海の通行に危険を増やすのは避けたいですよね。

（こう、ジャンプしてあそこまで届きませんかね？）

その場で軽く跳ねますと、十メートルくらいは行けました。

全力でジャンプすれば、この馬鹿げた身体能力だけに届くのかもしれませんが、過去の経験からして、踏み込んだ足場のほうが砕けそうです。

この場合では、おそらく跳ぶ前に両足が岩に刺さるだけで終わります。哀れ地中の案山子状態です。膂力がありすぎるのも、困ったものですね。

――と、気づきましたら、着地したときの視界の高さが変わっていました。どういうわけか、先ほどよりも明らかに立ち位置が高くなっています。

足元にぐにゅっと奇妙な感触がしましたので見下ろしますと、そこにはなぜか魔物の山ができていました。はて。

（これは、もしかして……？）

今度は下の様子を窺いながらジャンプしてみました。

私の靴底が宙に浮いた瞬間、仲間の身体を踏み台に、上へ上へと魔物がこぞって詰め寄ってきていました。そうして、私が着地したときには、足元の魔物の山はさらに高くなっていました。

これは、つまりあれですか。ジャンプして空中に逃げた私に向かい、後続の魔物がこぞって追いかけてくると。で、魔物が山頂に幾重にも積み重なり、どんどん魔物の山が高くなるという寸法ですか？

魔物たちが獲物である私を追わんとする、なんとも呆れたアグレッシブさです。

ですが、これを利用しない手はありませんね。

その場でピョンピョンと繰り返し跳ねるだけで、自動的に私は上に押し上げられていくわけです。実に楽なものですね、頭上の光がどんどん近づいてきます。名づけて、魔物エレベーターといったところでしょうか。

また魔物の新たな用途が判明しましたね。皆にも教えてあげないと。ふふ。

残りの距離は三十メートルほど。これなら、自力で届きそうですね。

その前に、まずはこれまでお世話になった魔物ガードを脱ぎ——もとい、身体に張りついた魔物を引っぺがします。

そして——大きくジャンプです！

加速した身体は、一足飛びにクレバスの隙間から地表に躍り出ました。

途端に眩い光が瞳に飛び込んできます。さすがに何日も暗い地下にいましたから、視野全体が白っぽくなってしまい、目が慣れませんね。

ただそれも数秒のことで、すぐに視界を取り戻しました。懐かしい樹海の風景が目に飛び込んできます。やあ、やはり緑は目にいいですね。心に潤いも持たせられます。

とまあ、悠長にしている暇はありません。クレバスの下を覗き込みますと、すぐに魔物の山の頂上が差し迫ってきているのが見えました。狭い隙間だけに途中で引っかかっているようですが、あの数では数分を待たずして、強引に這い出てくるでしょう。

「それでは、やってみますか。井芹くん殺法」

私が思い出したのは、ファルティマの都で出会ったときに井芹くんがいっていた「全裸で地下のマグマ溜まりを風呂代わりに泳いでも、ダメージひとつ負わないような人外っぷり」という台詞でした。

初対面であまりに失礼な物言いでしたが、あれは私の身体能力を表したもので、つまりは私以外にこれに耐え得るものはいないということですよね。

『マグマ、クリエイトします』

クレバスに差し込んだ腕の先から、創生されたマグマが噴出しました。

『マグマ、クリエイトします』

『マグマ、クリエイトします』

『マグマ、クリエイトします』

『マグマ、クリエイトします』

どんどんどんどん絶え間なく地下に流し込みます。

当然ながら、マグマを直接被った魔物は瞬時に消失、魔物の山はカキ氷にシロップをかけたがごとく、溶けていきました。

クレバスから立ち上る熱気が凄まじく、炎となって噴き上げてきましたが、私にはお風呂の湯気くらいにしか感じません。地上の周辺一帯は草木が少なく、幸いにも土砂に埋もれた岩盤が覗いている程度でしたから、延焼もなさそうで一安心ですね。

そうやって十分近くも流し込み続けたでしょうか。

そろそろかとクレバスから地下を見下ろしてみますと、暗闇の中に真っ赤なマグマが蛇のように地を這っていました。もともと地下水脈の河となっていただけに、下流へ向けてマグマが流れている様子が窺えます。

これでしたら、後続の魔物も全滅でしょうね。上手いこと支脈にも流れて、他に潜んでいる魔物や魔窟もあわよくばやっつけられているといいのですが。

「さて、もう充分でしょう。消えてくださいね」

あれだけ地下で猛威を振るっていたマグマの海が、熱気もろともあっさりと消え失せました。

創生したものは任意に消せる——進化した〈万物創生〉スキルの特性ですね。手放すとすぐに消えていた頃に比べますと、こういう使い方ができるようになったのは便利ですね。

「ふう、我ながらいい仕事をしましたね。星三つです」

やり遂げた感満載で、地面に両足を投げ出し、久しぶりの外界の新鮮な空気を満喫していますと……突然、背後から脳天に衝撃を受けました。

「おや？」

視線を上げますと、頭の上に剣の切っ先が見えました。

（これって、頭に剣を載っけられてる？　いえ、もしかして斬りかかられたんですかね？）

当然、怪我やダメージもありませんが、攻撃を受けたことだけは事実のようです。

振り返った先には、ひとりの男の子がいました。剣を振り下ろした格好のままで、驚愕の表情を浮かべています。

その面差しには見覚えがありました。懐かしさが込み上げるその人物とは——

「エイキ⁉　エイキではないですか！　よかった、やっと会えました！」

なんたる偶然。地上に戻った途端、捜し人たるエイキに出会えるとは。

興奮して思わず立ち上がり、両手を握り締めました。

「…………」

ですが、エイキの反応が鈍いです。眉をひそめて怪訝そうにこちらを見上げていますが……

「は？　あんた、誰よ？」

「ひどい！　私ですよ、私！　タクミです！　ほら、お城で会ったじゃないですか⁉」

必死こいて説明します。

よくよく考えますと、私は最初に王都を離れたときからエイキのことをずっと気にかけていましたが、エイキにとって私は初日に一度会ったっきりの人間ですからね。あれから

もう半年近く――この異世界で、エイキが『勇者』として過ごしてきたであろう濃密な時間の中では、私のことなんて忘れていても仕方ないことかもしれません。少し寂しくはありますけど。

「――あ、あ～ああ！　あんときの〝巻き込まれ〟のアンちゃんじゃん！　そーそー、んな名前だったたな、たしか！　なーんだ、ずっと見ないと思ってたら生きてたんかよ？　あはは、ウケる！」

「受けなくても」

あれほど胡散臭そうにされていましたが、一転して人懐こい笑顔を浮かべ、肩付近をばしばし叩かれました。

そうそう、この子はこんな感じでした。この独特なノリも懐かしいですね。

髪が伸び、この短期間で身長も少し伸びたのではないでしょうか。身体つきも以前よりたくましくなったように感じます。

「なに、わかる？　日々セイチョーってやつ？　なんせ、俺ってば勇者だし、ミンシューの期待を背負ってんからね」

鎧姿も似合っていますね。以前は鎧に着られている感がありましたが、今では立派に着こなしています。

いきなり異世界に連れてこられて、こうも戦装束に馴染んでしまうというのも実際には悲しいことではありますが、それを今いっても詮ないことでしょう。

「ですが、エイキ。いきなり他人に対して斬りかかるのは、人としてどうかと思いますよ。危ないじゃないですか」

「俺的には、ドタマに剣が刺さったまんま、平然としてるアンちゃんのほうが、人としてどうかしてると思うんだけど。なに、スキルかなんか？」

ああ、そうでした。どうも視界に影が入ると思っていましたが、頭の剣をそのままにしてましたね。

すぽんとめり込んだ剣を抜きますと、刃の部分が頭のかたちの半円形に潰れていました。どうも、エイキの腕力と私の頭の固さ、剣の強度の絶妙なバランスでこうなったようですね。普通は刀身が折れそうなものですが、剛柔あわせ持つよほど銘のある名剣なのかもしれません。

「うえぇ～！　なにしてくれてんだよ、アンちゃん！　剣が壊れてんじゃんかよ⁉　ったく、困んだよね、これ国宝級のキチョーなやつなんだけど！」

「ええっ⁉　といわれましても、私は問答無用で斬りつけられた立場なんですが……」

「いやいや、炎に包まれながら地面に頭突っ込んでる奴がいたら、そりゃ人外のなにかだと思うっしょ？　だったら、センセーあるのみじゃね？」

「………むう、たしかに」

傍(はた)からそのように見られていたとは……周囲に人がいるとは思いませんでしたから、見た目などはまったく考慮(こうりょ)外でしたね。

「ま、いいや。俺、〈修理〉スキルがあるから、こっちで直しとくよ。あ、貸し一(いち)つーことで、よろ」

はて。そんなことができるのでしたら、なぜ怒っていたのでしょう。最初からそうするとよいのでは、という気がひしひしと。

エイキは気にせずに、けたけたと開けっ広げに笑っています。

掴みどころがないといいますか、やはり日本の若い子とはジェネレーションギャップがすごいですね。こちらの異世界の方々よりも、意思疎通(そつう)が困難な気がします。

「でさ、アンちゃんはこんな場所にまで、どうしたん？　散歩？」

「散歩なわけないでしょう。女王様からエイキの捜索依頼を受けたんですよ」

「はあ、女王？　誰それ？　俺を捜索とかって、どういうわけよ？　マジで意味フメーなんだけど？」

そういえば、エイキが王都を離れたのはずいぶん以前でしたから、女王様の復位から話さないといけませんでしたね。それにエイキにとっては、いまだ魔王討伐の旅の最中のつもりのはずですから、こちらの現状が把握(はあく)できないのも道理です。

「ふむ、まずはそこからですよね。一から説明したほうがよさそうです。道中をともにされている他のお仲間さんはどちらに？　できれば、一緒に説明したいのですが」

周囲には、エイキひとりだけしか見当たりません。

女王様の情報から、行方知れずになる直前の時点で、エイキに賛同して同行する仲間が数人ほどいるはずですが……どこからか様子を窺っているという気配もありませんね。いくら『勇者』でも、このような樹海を単独行動するのは危険かと思うのですが。

「仲間ねえ……はっ、別にいいじゃんか」

仲間の所在について、エイキは言葉を濁すだけでした。

どうも変です。なにかあったのでしょうか。

「説明のほうだけど、それ長くなりそー？　だったら、今、俺が住んでるところに来ねえ？　きったねえところだけど、茶ーくらいは出すからさ」

エイキは修復した剣を鞘に収めて、私の返答も待たずにさっさと森の向こうに歩いていってしまいました。なんとも、自由人です。

おそらく、現在地は最終目的だった集落に近い場所なのでしょう。移動してきた距離的にも間違いないと思います。

エイキの様子からして、『青狼のたてがみ』の皆さんよりも早く着いてしまったようですから、合流には集落にいるほうが都合がよさそうですね。

エイキに案内された場所は、予想通り目的地としていた集落でした。

行商人さんの目撃証言から、ずいぶん時間が経っていましたので、まだここに滞在しているかが目下の問題点だったのですが、杞憂だったようですね。

ここの造りも、最初に訪れた集落と変わらないみたいです。住人の多くは獣人さんのようで、尻尾や耳など少々シルエットの異なった人が、ちらほらと表を出歩いている様子が見て取れました。

エイキは頭の後ろで腕組みし、慣れた仕草で道の真ん中を気ままに歩いています。きっと、ここに滞在してからそれなりに永いのでしょうね。リラックスしている雰囲気が伝わってくるようです。鼻歌交じりのことからも、すこぶる機嫌はよさそうですね。

「おー、帰ったぞ？　客、連れてきたから、飲みもんと食いもん、用意しとけよな」

道すがら、すれ違った獣人さんにエイキが声をかけました。

「は、はい……」

ぶっきら棒な物言いに、獣人さんがびくっと肩を震わせ、そそくさと近くの住居に入っていきました。

（……ん？）

はて。どうも、怯えたような印象でしたね。

よくよく見ますと、道行く人たちは私たちからいくぶん距離を取っているようです。視線を合わせないように目を伏せている方が大半ですね。近くにいた子供など、蜘蛛の子を散らすように物陰に隠れてしまいました。

余所者の私がいるから——といった空気でもないような気がします。

「エイキ。さっきの方はお知り合いですか……？」

「ん～、どうだろ？　獣人って、顔が毛深くて見分けつきにくくってさ。剃れば少しは区別つくのにねえ。そう思わねえ？」

知り合いかどうかわからない……それで、あの態度はどうなのでしょう。少なくとも、相手は気分を害されていそうですが。

「それはまずくないですか？　親しき仲にも礼儀ありとはいいますし、ましてよく知らない相手に、あれでは」

声をかけますと、エイキは足を止めて、きょとんとした顔でこちらを眺めていました。

「ぶっは！　なにそれ、ウケる！　アンちゃんはおもろいな～。んな、モブに気ぃ遣ってどーすんの？　あ、ヤベー、腹イテー！　あはは！」

また、ばしばし叩かれました。

なにがおかしいのかわかりませんが、エイキはよほどツボに入ったようで、道端で笑い転げんばかりです。

「ま、ま、いいからいいから、話は中に入ってからにしよーよ、ねえ？　喉渇いたし、俺んち、もうすぐそこだからさ」

たしかに、ここでの問答は目立ちすぎるかもしれませんね。姿こそ見えませんが、多くの視線に注目されている感覚はあります。

「……そうですね。ひとまずは落ち着いてから話をしましょう」

「よっし。さ、行こーぜ！」

エイキに背中を押されつつ、私たちは集落の中央に向かうのでした。

「――だっせ！　なに、あのメタボ！　あんだけエバっといて、あっさり追放されるとかねーよな！」
エイキが床の上で、今度こそ文字通りに笑い転げています。
招き入れられたのは、集落の中でもひときわ大きな建物でした。明らかに他と建築様式が一線を画しており、壁は石製で柱を多用した頑丈な造りで、この規模の集落としては広さもかなりあります。

にもかかわらず、だだっ広い室内が、がらんとしているのが印象的です。今は建物内にエイキひとりしか住んでいないようですが、ここはもともと大多数で使用するような施設なのではないでしょうか。

三十畳ほどの大広間の中央に毛皮の絨毯が敷かれているだけで、他には家具ひとつもありません。

私たちは今、その絨毯で向かい合わせに腰を下ろして、話をしています。

エイキの話によりますと、集落にいる間はここで寝泊まりしているそうですが、生活感はほとんど感じられません。部屋の隅には、エイキが先ほど脱ぎ散らかした装備の類が、無造作に転がっていました。

「し、失礼します」

先ほどの獣人さんが、木製のトレイを抱えて入室してきました。

トレイの上には、ほんのり色づいた果実水らしきもので満たされた水瓶と、空のコップがふたつ、あとは木の実が盛られた皿が載っています。

緊張か畏れか、青い顔で尻尾を丸めて、こちらの顔色を窺いながらトレイを置こうとするさまは、なにやら判決をいい渡される直前の被告人の様相です。憐憫すら感じられます。

「これはどうも、ご丁寧に」

「ひいっ⁉」

なるべく気負わせないようにと、笑顔で穏やかに礼を述べたつもりなのですが、獣人さんは反射的に身を竦めてしまい、その拍子にトレイから水瓶が滑り落ちてしまいました。

「――ああっ⁉」

「っとと、セーフですね」

空中で水瓶を右手でキャッチし、次いで落ちたコップふたつも左手でキャッチ、最後に宙を舞った皿も頭でキャッチしました。上手くいきましたが、なにやらもう曲芸師の気分です。

「申し訳――申し訳ありません！」

「大丈夫ですよ。大事ありませんでしたから、お気になさらずに。この通り、全部無事でしたし」

土下座したまま恐縮して頭を下げまくる獣人さんを宥めます。

怒ってないですよアピールを繰り返したのが効いたのか、ようやくほっと安堵の息を吐いた獣人さんでしたが――

「ちょっとさあ……あんた、なにやってんの？　シラケるわ。俺に恥かかせないでくんない？」

対面のエイキの冷徹な物言いに、額を床に擦りつけたまま、かわいそうなくらいに怯えてしまいました。

「そういわずに。私は気にしていませんから、エイキもそのくらいで。ほら、あなたももういいですから。ありがとうございました」

這いずるように退出していく獣人さんの後ろ姿に、エイキは忌々しそうに舌打ちしていました。

「ったく、トロいよね、ここの連中～。もてなしひとつできないなんて、カフェのなんちゃってメイドにも劣るわ。ほんっと使えねー」

吐き捨てるようにいってから、こちらに向き直ったエイキの表情からは、険がすっかりと取れていました。

なんといいますか、私への応対と、他の人への応対——この差はなんなのでしょうね。獣人さんになにか恨みでもあるのでしょうか。

「エイキ、さすがにそのいい方は……」

「ん？　ああ、わりわり。不快にさせちゃった？　あいつらイラつくからさ～、ついね。でも、仕方なくない？　なんせ、俺ってば世界のために魔王と戦う勇者様よ？　畏れられて当然っつーか、宿命みたいな？　それに今この村、俺が守ってやってんだから、少し文句つけるくらいなんてことないっしょ。これってウィンウィンな関係じゃね？」

……果たしてそうなのでしょうか。

しかしながら、私とて今日やって来たばかりの部外者です。エイキはエイキで、これまでここの住民と独自に築いてきた関係もあるでしょう。表面上だけの解釈で、安易に口を突っ込むのもよろしくないかもしれませんね。

それに、こちらにとっての異世界人にして、『勇者』という特異な立場であるエイキが、周囲から畏怖されるのは理解できなくもありません。

『賢者』であるケンジャンは、あの広い王城でいつもひとりきりでした。本人が孤独を好む傾向にあったのかもしれませんが、仮にそれを望んでなかったとしても、状況はさほど変わらなかったのではと思います。ケンジャンとは何度か会う機会はありましたが、私以外の他の誰かと親しく話している姿を見たことがありません。それは、先の命がけで王城を守護したあの後でさえそうです。

一見して人々に慕われている『聖女』のネネさんでさえ、いつも聖人として意識して振る舞っているようでした。皆が崇めているのは、ネネさん個人である前に『聖女』です。その証拠に、教会で誰ひとりとしてネネさんを名前で呼ぶ方はいませんでした。以前、別れ際に私に漏らした「ひとりじゃ心細いから、付き合ってくれると嬉しい」とは、彼女の本心なのでしょう。

それに私とて、凡人として市井に交じっているからこそ、勝手気ままにやってこられました。たくさんの知り合いを得ましたが、それは私が正体を隠していたからこそでしょうね。最初に『神』であることを明かしていたら、どうなっていたことか。ザフストン城砦で〝神の使徒〟として味わった以上の余所余所しさを感じていたでしょう。

私は境遇を同じくする三人に、並々ならぬ共感と無条件での仲間意識を持っていますが、もしかしたら他の皆もそれは同じなのかもしれませんね。

私はここに説教をしに来たわけでも、ご高説を述べに来たのでもありません。エイキを捜しにきたのですから、まずはそちらに集中するべきでしょうね。

「まとめるとさ、お偉いさんが代わったから、まずは顔出しに戻ってこいとか、そーゆーわけ?」

今回の依頼をはじめとした一連の内容を説明しますと、エイキはつまらなそうに皿の木の実を指で弾き、器用に口でキャッチしていました。

「そういった意味合いがないとはいえないでしょうね……連絡が絶たれて音信不通なわけですから、女王様はじめ、皆さん心配しているのですよ」

「連絡係ねえ。あー……そういや、いたなあ、そんな奴。あれ、メタボのスパイだったのかあ」

「決してスパイというわけでもないと思いますよ。為政者として、切り札の動向を把握しておきたい気持ちも、わからないでもありませんから」

とはいえ、派遣したのが当時のあのメタボな王様だけに、スパイ的な意味合いも多そうな気がしますが。今はいわぬが花でしょう。

「うえぇ〜、遠路遥々せっかくここまで来たってのに、今さら帰れとかなくない？　お偉い王様なんて、最初と最後だけ出番があれば充分でしょ。『よくぞ参られた伝説の勇者よ』と『よくぞ魔王を討ち果たした勇者よ』みたいな。アンちゃんもそう思わない？」

「エイキの気持ちもわかりますが……ここはせめて顔だけでも出して、挑むのはその後に態勢を整え直してからでも遅くないのではないでしょうか？」

「そーだなー……偉い奴のいうことだしなあ。聞いとかないと、後が怖いかな？」

どうやら聞きわけてくれるようですね。

エイキの反骨心溢れる性格からして、もう少し意固地になるかと思っていたのですが、彼もこの数ヶ月で道理を弁えて成長しているということでしょう。こちらとしても、素直に納得してもらえるのでしたら、非常に助かります。

などと思った矢先――

「だが、断る！」

なぜかエイキが歯を煌めかせ、してやったりとばかりの素晴らしい笑顔でいいました。

「…………は？」

私のほうはというと、唖然としてすぐに声が出ませんでした。この唐突な手のひら返しはいったい？

「およ？　あれ、ウケない？　うーん、おっかしいなあ。同中のツレに使ったときは、大ウケしたんだけど」

「……なにがです？」

この受け答えに、なにか奥深い特別な意味でもあるのでしょうか……私にはわかりかねますが。

「と・に・か・く！　完全無欠にお断りのノーサンキューー！　第一、盛大に見送られて出てきたのに、手ぶらですごすご帰るとかあり得ないから！　んなのカッコわりぃし、勇者のコケンにかかわるでしょ」

「そうですか……わかりました。今は諦めましょう」

まあ、最初から一筋縄では行かないと思っていましたから、これも想定の範囲内です。

もともと私としては、行方不明だったエイキの安否を知りたかっただけですから、無理強いするつもりはありませんでした。

今後の旅の安全のためにも出直してほしいのは山々ですが、やはり本人の意向を無視できません。そもそも女王様の依頼は、『勇者』の捜索であり、連れ帰れとまでは明言されていませんでした。駄目なら駄目で、連絡役のフウカさんがいますから、事情を説明して女王様の判断を仰ぐとよいでしょう。

なにより今は、私の仲間はおろか、エイキの仲間も同席していません。この場でふたりだけで決定すべきものでもありませんから、まだ時間はありますしね。

「およ、意外。アンちゃん堅物そうだから、しつこく説得してくるかと思ってた。って、味薄っ！　まずっ！」

コップに注いだ果実水を飲んでいたエイキが、舌をぺっぺっと出していました。

「あ～～、毎日飲んでたコンビニの珈琲が懐かしいよ……俺、あれがないとどーもねー」

「ははっ。私はこれでも結構、理解があって柔軟なほうですよ？　よければ、これどうぞ」

『カップ珈琲、クリエイトします』

〈万物創生〉スキルで創生した珈琲を手渡しました。

「…………はあああ!?　なにこれなにこれ！　なになになになに、マジどうやったの!?」

「私のスキルです」

「うっわ、うっそ！　この味、ガチ本物じゃん!?　懐かしー！　すっげー、俺、感動した！　もう涙出そーー！」

床の上を陽気にごろごろと転がり、何往復もしています。

喜んでもらえたようで、なによりですね。こうしてはしゃいでいますと、エイキもまだまだ子供だということを実感できます。先ほどの獣人さん相手の年不相応な辛辣な態度よりも、ずっと見た目にそっていて好感が持てますね。

「ただし味だけで、体内に吸収されずに時間が経つと消えてしまう紛い物ですけどね」

「いやいやいやいや！　味がおんなじなら充分っしょ⁉」

たしかに嗜好品でしたら、栄養云々は二の次ですしね。

「他にも出せんの⁉」

「私が知っているものでしたら」

「おお、ヤベー！　アンちゃん、マジヤベーー！　なによ、その万能スキル⁉　じゃあさ、アレとアレ──いや、アレも捨てがたいなー。くっそ、んなことなら、欲しいものメモっとくんだった！」

興奮しっ放しですね。どんどん語彙が乏しくなってきています。微笑ましい。

「落ち着いてください。制限はありませんので、いくらでも出せますから」

「なにアンちゃん、神か⁉　マジでパねぇ！　前は、巻き込まれのハズレ君とか思ってて、ホントごめん！」

……そんなことを思ってたんですか。巻き込まれは聞いていましたが、あなたまでハズレとか思っていたなんて……悲しいですね。ぐすん。

「んじゃ、今はレベルもスゲーとか？　前はレベル1とかいってたけど、どうなん？」

「レベル4になりましたよ！」

胸を張ります。

「うおぉぉぉ……そっちも別の意味でパねえ……ウケる！」

受けちゃいましたね。どういう意味です？

「やっべ、もう食えねーわ。満喫したー……げふー」

「お粗末様でした」

四肢を床に放り出し、エイキが満足げに天井を見上げていました。

よくも食べるに食べたものです。食を通じて、望郷の思いに駆られてのことだったのかもしれませんね。

まさか、感激で興奮しすぎたエイキに、抱きつかれて頬にチューの嵐を見舞われるとは思いもよりませんでしたが。まるで酒の席での酔っ払いのようでした。たまにいるのですよね。本人のためにも、今後は少し注意しましょう。

「ちなみに後でお腹が空くかもしれませんので、食事は食事できちんと摂っておいてくださいね」

「りょ！」

（りょ？）

エイキが寝転がったまま、親指を掲げています。

了承とか、そういった意味合いでしょうかね？

激しく脱線してしまいましたが、一段落ついたところで、話を戻すとしましょう。エイキ自身もご機嫌で、ずいぶんと打ち解けた感がありますから、先ほどよりもスムーズに話もできそうです。

「それで、さっきの続きなのですが……」

「は？　続き？　なんだっけ？」

「いったん王城に戻るという話ですよ。エイキの意見は聞きましたが、他の方の意見も参考にしたいので、他のお仲間は今どちらに？　王都を出発したときにパーティを組んでいた方々とは、何人か途中で別れたと聞きましたが、まだ同行している方もおられるんですよね？」

「あ～？　……うーん、どうだったっけ？」

どういうわけか、奥歯に物が挟まったような返事です。

「またまたそんな。意地悪はやめてくださいよ」

女王様からの情報では、正確な人数こそ不明なものの、消息を絶つ直前に少なくとも数名が行動をともにしていたはずです。その後、何人かと別れたと考えても、異世界の情勢に詳しくないはずのエイキひとりきりということはないでしょう。

「よっと」

エイキが反動をつけて身軽に起き上がり、床に胡坐をかきました。

こうして、あらためて向き合ってくれるあたり、真面目に話す気はあるようですね。

「……二ヶ月くらい前だっけかなあ、この集落に来たの。そんときは俺あわせて四人パーティだったんだよね」

「それ以外のメンバーはどうしたのです？」

「死んだ奴はいなかったけどね。なんだかんだとぶーたれて帰りやがった。ったく、せっかく世界を救う勇者パーティに入れてやったのに、根性ないっつーかなんつーか。ざっけんなっての。クソの役にも立たねえのに、いいおっさんらがぐちぐち文句ばっかでさ。勇者ディスってんじゃねーつーの。あれで国ではエリートだってんだから、レベル低くてマジで笑えるわ。わはは」

まあ、そこらへんは事前に聞いた通りの情報ですね。卓越した『勇者』の能力だけに、いくら他の方も有能とはいえ、確たる隔たりがあったのでしょう。

それに、エイキは十六歳。おそらく、皆さん年上ばかりだったのでしょう。明け透けな物言いのエイキに、気を悪くされる方もいたでしょうね。

いくら救国の英雄とはいいましても、エイキも元は普通の男子高校生ですから、こちらでの常識や専門知識にも乏しかったはず。いわゆる世間知らずの素人がリーダーとして指示するわけです。プライドの高いエリートの方が反発するのも容易に想像できます。

そうはいいましても、これらすべてをエイキのせいにするのは酷ですね。社会に出たこともない経験不足の子供だからこそ、本来でしたら指導力のあるベテランを補佐としてつけるべきだったのです。大人としての配慮を怠り、権限だけを与えて勝手を許したことこそ、明らかなミスでしたね。

指示していたのが、あのメタボな王様でしたから、高望みが過ぎるかもしれませんが。

「……それで、一緒にいた他の三人はどうしたのです？　今は外出中ですか？」

「知らね」

エイキがオーバーアクション気味に、肩を竦めました。

「…………エイキ？」

「おおっと、アンちゃん、そんなマジになんないでよ。嘘じゃないんだからさあ。ホントに知らないんだってば」

どうやら、ふざけてたり、私をからかっているのではないようですね。本気で思い当たる節がないように、真剣に頭を悩ませています。

「ここから丸二日ほど樹海を進んだ先にさ、古めかしー廃屋つーか遺跡があるんだよね。けっこう、大きめなやつ。なんでも、そーとー昔の砦跡じゃないかっていわれてるんだけど、そこが魔窟化してるって話でさ。知ってる、魔窟？　魔王軍の拠点じゃないかって噂もあって、挑んだはいいんだけど……そのときに別れてそれっきりかな、多分」

「うーん。そんときの記憶が曖昧なんだよね。遺跡見つけて、入って、魔物と戦って、気づいたときには、ひとりでここに戻っていた……ような？」

「多分？」

なんとも掴みどころのない話ですね。

エイキの反応からして嘘を吐いている様子はないのですが……それだけの出来事を覚えていないとか、そういうことがあるのでしょうか。

「もしや、幻覚などの精神的な攻撃でも受けたのでしょうか？」

「どうだろ？　結局、あいつらいつまで待っても戻ってこなかったし、ビビッて逃げ出したとかのほうが正解かもよ？　これまでも、んな奴いたしさー」

仲間内での諍いを乗り越え、遥々こんな場所までエイキに付き従ってきた三人全員が？　全員が全員、一言もなしに姿を消すとは、それもまた妙な話ですね。

「皆さん、その遺跡でやられてしまったとかでしょうか？　それで、エイキは無我夢中で逃げ延びて、そのときのショックで記憶の混濁が起こったとか？」

「はあ？　アンちゃん、怒んよ？　人を負け犬みたいにさあ……俺、勇者だよ？　んなわけねーって。覚えてねーんだけど」

エイキが口を尖らせて不貞腐れています。これは、表現がいささかあからさますぎましたかね。

「これはすみませんでした。あくまで可能性の話ですから」

「気ーつけてよ？　アンちゃんにはさっきの借りあるし、許すけどさ。ま、あいつら弱っちいから、やられたってのは考えられるんだよね。で、何度か見に行ったんだけど……」

「痕跡はなかったと？」

「そうそう。魔物って生き物じゃないから、人食べたりしないっしょ？　だから、あそこで死んだなら、死体なり装備なりが残ってるはずなんだよねー」

聞いているだけでも不思議な話ですね。そうなりますと、エイキのいうように、はぐれたという説が有力でしょうか。

しかし、すでに二ヶ月も経過しているならば、単にはぐれただけでしたら、ここに戻ってきているはずです。実はエイキに不満を抱いていて、はぐれてこれ幸いと、そのまま袂を分かったとか、樹海で方向を見失い迷ってしまったとか、そういう……ん？

「ちょっと待ってください、エイキ。〝何度か見に行った〟って、まさかひとりで確認しに行ったとかじゃないですよね？」

「なにいってんの、アンちゃん？　ここの獣人たちはビビりで当てにならないし、他に誰と行くってんだよ？」

……ああ、溜息しか出ませんね。

「いえ、そんななにが起こったのかわからないような場所に、よくひとりで行く気になりましたね……しかも何回も」

「その程度で、せっかくのイベントスルーとか、ありえないっしょ。もしかして、魔王城へのフラグイベかもしんないし」

エイキが挑戦的に熱く拳を握り締めていました。そうでした、エイキはそんな性格でしたね。

「ちなみに、ここは私たちが住んでいた世界とは違いますが、現実ですよ？　死んだらそれまでです、わかっていますか？」

「はあ？　んなのジョーシキでしょ？　ケンジャンじゃあるまいし。どう見てもここ、ゲーム転移ものじゃなくって異世界召喚ものだしさ。逆に異世界もので生き返るとか、シラケるし。ケンジャンはゲーオタだから、すぐに蘇生とか死に戻りとかいい出すから、ないよねー。駄目だよ、アンちゃん。〝命大事に〟な？」

逆に諭されてしまいました。

よく意味がわからない上に釈然としないものを感じますが、エイキがきちんと理解してくれているのでしたら、それでいいです。

「それがわかっていて、よく何度も命がけで向かいますね。危険じゃないですか」

「いや、俺、勇者だし。主役だし。死ぬわけねーじゃん？」

はっ、と一笑に付されました。

前言撤回です。あまり理解はしてくれていないようですね。

惚れ惚れしそうなくらい根拠のない自信で満ち溢れています。これは困りました。

「それよりさ。そこ攻略しようとして、何ヶ月も足止め食ってて困ってんだよねー。ぜってー、あの遺跡にフラグ的な秘密があると思うんだけど……着くまでに結構遠いし、荷物多いし。着いたら着いたでモブ魔物が多くてやんなるし、神官も逃げたから回復役いねーし。こんな秘境じゃあ碌な回復アイテムもねーしで、ただ今無理ゲー真っ最中——って、あ」

「え?」

身振り手振りで説明していたエイキの動きがぴたりと止まりました。

「そーいや、アンちゃんのクラスは『神官』ってたよね? 昔、王城でさ」

「ええまあ……」

よく覚えていましたね。正確には偽称なのですが、あのときは意味がよくわからずに、たしかにそういった記憶がありますね。

「回復魔法、使えたり?」

「ええ、それなりに……」

おや? なにやら嫌な予感が……

「で、アンちゃんいると、さっきのスキルで食料持ち歩く必要もないよね?」

「……そうなりますかね」

食料専門スキルではありませんが。

栄養面で不安があるものの、本物の食料を摂取しないでも飢えを凌げるのは、ここ数日間の地下生活で実証済みですしね。

「あと、どんなスキルか知んないけど――燃えても平気で、ミスリル製の宝剣をひん曲げる石頭！　殴られゾンビヒーラー！」

なにやら、私がすごく頭が悪そうに聞こえてしまうのはなぜでしょうね。

「メンバーゲッツ！」

びしりと、眼前に両手の人差し指を突きつけられました。

「いえいえいえ。私は遺跡に行くのを止めているのであって、ふたりならいいとか、そういっているわけではありませんよ？」

「でも、俺行くよ？　明日、行く。絶対、行く。もー、決めた。あ～ああ、アンちゃんが来てくれたなら心強いんだけどなあ。俺、勇者だから、ここの連中のニチジョーを守るため、あそこの魔窟をどうにかしないといけない使命があるんだよねー。ただ、こんなときに回復役がいなかったら、俺、勇者だけど今度こそ死んじゃうかも――あれれ⁉　そうなると誰の責任？　女王からもお咎めとかあるんじゃないの？　まずくない？　まずいよねえ？　ねえ、アンちゃん？」

にやにやしながら告げてくるのですが、もう完全に遊んでいますね。

「……それ、もう脅迫じゃないですか」

「うん。そうともいう」

悪びれもなくいってのけます。いい出したら聞きそうにない性格なのは知っていましたが、諦める気配ゼロですね。

こうも断言しているだけに、仮に私が行かなくてもエイキは意固地になって実行するでしょうから、それはそれで危険です。

私が同行したときのメリットは、正直なところエイキのいう通り。魔窟の存在がここの安寧を脅かすのも事実ならば、そこで行方知れずになったらしきエイキの仲間のことも気がかりですし、エイキ自身がどのような事態に遭遇したのかも把握しておきたいところですね。

そもそも私がこの目的地に早く着きすぎたため、『青狼のたてがみ』の皆さんとの合流までには、まだ数日も時間を持て余します。片道二日、往復で四日でしたら、当初の予定に照らし合わせますと、日数的にちょうどいいのかもしれません。

なんという巡り合わせでしょう。まるで計算し尽くされたかのようです。

（う～ん。こうも都合がいいと、反対する余地がないじゃないですか……）

これも神の思し召し？　ああ、それって私のことでしたね……最近、忘れかけてましたが。

では、運命の悪戯（いたずら）とかその辺で。どちらにしても、観念するしかなさそうです。

「……わかりました。同行します……」

「いよっしゃ、そうこなくっちゃね！」

どうしてこのような流れになったのかは不明ですが、こうしてなし崩し的に、私とエイキのにわかパーティによる魔窟討伐が決まってしまいました。

第四章 『勇者』狂乱

というわけで。

私はエイキとともに、魔窟化したという遺跡に向かっているところです。

「いやっはー！」

鬱蒼と茂る樹群の物陰から飛び出してきた魔物を、エイキが一刀両断します。

樹海も相当に奥深く、ましてや魔窟に近いということもあり、移動二日目には出くわす魔物の数も段違いに多くなりました。ほぼ三十分おきの頻度で、魔物の群れに遭遇しています。

このあたりまで来ますと、通常の野獣の類は駆逐されてしまっているようで、姿すら見かけません。完全に魔物たちの支配下にあるようですね。

エイキは「エンカウント率高けーよ」と厄介そうに嘆いているわりには、どこか楽しそうなのが不可解ではありますが。剣を振るっているときに水を得た魚のように活き活きしているのは、彼の性分なのでしょう。

「ほいほい、次、次ー！」

もう何度か通った道なのか、エイキは慣れた様子でずんずんと先頭を突き進んでいきます。

……通行に邪魔な枝や草を刈っている剣は、たしか〝国宝級の宝剣〟とやらだったはずですが、草刈り鎌代わりにしてもいいものなのでしょうかね。

一方の私は戦力外のようで、戦闘はすべてエイキにお任せで後ろをついていくだけになっています。回復が必要なほどの怪我を負うこともありませんから、現状では完全な荷物持ち役ですね。

「どうよ、アンちゃん。見たかよ、勇者の力？　すごくねえ？」

「ええ。さすがの力量ですね。おかげさまで、楽させてもらってますよ」

「まーね。ふふん」

実際のところ、それは持ち上げているわけでもなく、私なりの正当な評価でした。

エイキの戦いぶりをこうして目の当たりにするのは初めてなのですが――比較対象に『青狼のたてがみ』の皆さんを挙げるのも悪いのですが、戦闘における実力としては確実に彼らよりも数段上でしょう。かつて手合わせしたAランク冒険者、『闇夜の梟』の魔剣士アシュレンさんをも凌駕しているかもしれません。荒削りではあるものの、それこそ『剣聖』の井芹くんを彷彿させるほどですね。

私自身は、あまり『勇者』という職業の存在について詳しくないのですが、周囲からあれだけ持て囃されているのも当然かもしれません。今もまた、小規模な群れの魔物を相手にしていますが、その単体のどれを取っても『青狼のたてがみ』の皆さん五人がかりで相手をした野獣よりも強そうです。自身よりも数倍もの巨躯の魔物が、まるで単純作業のようにさくさくと狩られていくさまは圧巻ですね。

井芹くんを、最小限の動きで敵を仕留める〝静〟とするなら、エイキは明らかに〝動〟でしょう。意図しているのかしていないのか、オーバーアクション気味に動く癖があるようですが、素早い体捌きはもとより、地形まで利用した縦横無尽な戦闘方法は変幻自在で、魔物を翻弄して寄せつけません。

攻撃力も卓越しており、繰り出す攻撃のほとんどが一撃必殺です。あれは宝剣の性能云々よりも、純粋にエイキの身体能力によるところが大きいでしょう。自負するだけあり、お見事の一言ですね。

「ついでに、こーゆーのもできるんだぜ？　〝バーニング・クラウド〟！」

残った魔物たちに向け、エイキが手を掲げて叫んだ直後、周囲一帯が赤黒い色をした雲のようなものに包まれました。

おそらくは炎を帯びた灼熱の雲なのでしょう。絡め取るように雲に纏わりつかれた魔物たちは、瞬く間に燃え尽きて全滅してしまいました。

「おお〜、今のは魔法ですか？　すごいですね、エイキは魔法も使えるのですか」

　思わず拍手してしまいます。

　実は、神聖魔法や精霊魔法はともかくとして、意外に通常の魔法をあまり間近で見たことはなかったんですよね。受けることはありましたが。

「いやいやいや、注目すんのはそこじゃないでしょ。わかんないかなあ……俺は今、呪文を唱えなかったよね？　これぞ、異世界もの主役ご用達チート、かの有名な無詠唱だよ、無詠唱！」

「ほほう、無詠唱……」

　そういえばそうでした。通常の魔法といえば、あの長ったらしい呪文が必要でしたね。

「本来ならこの魔法には、『ディショル・ガセル・カセム・カム。サーナ・ソイヤセ・フセル・フロム。我、生み出したるは焔なる雲霞。其を抱くは赤熱の腕、死の抱擁。灼き尽くせ――バーニング・クラウド』――ってまあ、中二な呪文を唱えるわけだけど、このスキルだけに詠唱要らず、ってなもんよ！　どーよ、俺の〈詠唱省略〉の超レアスキル、すごくない？」

　物凄く得意げにいうからには、それだけ希少性があるということでしょうね。

　たしかに、コンマ数秒を争う戦闘中での優位性は計り知れないのかもしれません。なにより、あの難解な呪文を覚える必要がありませんし。お手軽感は相当ですね。

「え～、なんでしたっけ。〝バーニング・クラウド〟」

……なにも起きませんね。やはり同じ無詠唱でも、神聖魔法とは原理からして違うのでしょうか。ちなみに正しい呪文も唱えてみてもなにも起こる気配はなく、結果は同じでした。

「あっはっはっ、ウケる！　羨ましいのはわかるけど、んな簡単に無詠唱できたら、俺の立場がねーっての！　この魔法はケッコー高レベルなんだぜ？　そもそも、アンちゃんは魔法系のスキル持ってんの？」

「……持ってませんでしたね。私のスキルはふたつだけですし」

「だあーはっはっ！　んじゃあ、できるわけねーじゃん！　ってか、ふたつって！　スキルたったのふたつしかないって！　んな奴、初めて聞いた！　そっちのほうが激レアじゃねーの？　はっはっはっ――あんま笑わせないでよ、腹イテー！」

う～ん、本当に臍で茶を沸かしかねない大爆笑です。そこまで受けなくても。いくら物事におおらかな私でも、いじけちゃいますよ？

「……うい～、ふう～、あ～、笑った。笑いすぎて喉も痛くなった。アンちゃん、ヒーリングよろしくね。ま、魔法の才能ない人は、生活魔法で気分だけでも味わって我慢しときなよ。あれなら誰でも使えるしさ。くっふっふ」

「して、その〝生活魔法〟とは？」

「はあ？　……さすがにそれはギャグでしょ？　マジなの？　今までどうやって生活してきたわけ？　こっちにはライターも水道もないんだからさ」

この反応……もしかして、こちらの異世界の一般家庭では、文明の利器の代わりとして当たり前にそういった手段が普及しているのでしょうか。

火も水も当たり前のように容易に手に入る日本人的感覚で、これまで気にもしていませんでした。特に私の場合は、〈万物創生〉スキルで便利に道具を創生することで大抵のことは賄えていましたから、こちらでの代替方法についてなど考えたこともありませんでしたね。

「……アンちゃんの世間知らずには呆れるわ。生活魔法は俗称で、簡易魔法のステータスウィンドウと一緒で、誰でも使えるから。ほら、〝ファイア〟」

エイキが立てた人差し指の上に、直径一メートルほどの火の玉が出現しました。

「で、〝ウォーター〟」

今度は、指先から水が消火栓のように勢いよく放水されました。

「ってな具合な。ちなみにこれ、ＩＮＴに依存すっから。モブなら、ホントしょっぱいマッチの火くらいだし、水だってちょろちょろとショボいわけよ。これひとつ取っても、いかに勇者の俺がすごいかわかるってもんじゃね？　戦闘力では歴戦の戦士に比肩し、魔法は熟練の魔法師に匹敵、他の技能も専門職のスキルに準ずる――『勇者』はいいとこどりのオールラウンダーってね」

　エイキは得意満面です。なぜか器用貧乏に聞こえる気もしますが。

「生活魔法ですか……なるほど。勉強になりました」

　遅ればせながらまたひとつ、この異世界に順応してしまいましたね。この世の中に、こんな便利なものがあったとは。

　まだまだ見知らぬ常識は多いですが、別に急ぐ必要もありませんし、こうしてひとつひとつ覚えていくことで、自分のペースでぼちぼちとやっていきましょう。

　まあ、それはそれとして……先ほどから気にはなっていたのですが、なんだか焦げ臭くありませんかね。

「どしたの、アンちゃん？　鼻ひくひくさせて？」

「……ああ、後ろのあれが原因ですか」

　それもそのはずで、エイキの背後の樹木が煙を上げていました。

　おそらくは、先ほどのエイキの魔法の余波でしょう。樹海の至る場所で炎が立ちはじめています。

「おわ、やっべ！　火力が強すぎた⁉　〝ウォーター〟〝ウォーター〟！」

　慌ててエイキが生活魔法で水を撒き散らして、消火活動を開始しました。

　咄嗟の事態で焦っているようですが、あれくらいの火勢では生木が火事になることはありませんから、すぐに消し止められるでしょう。

防火標語ではありませんが、まさに油断大敵火の用心でしたね。若いエイキには、何事も調子に乗ると碌なことがないという適度な戒めかもしれません。

「それにしても、括目すべきはやはり生活魔法ですね……魔法とは、あらためて不思議なものですよね」

少なくともこの異世界では、ライター業界は成り立ちそうにありません。誰でも使えるというのでしたら、水不足とも無縁そうです。

魔法に興味はありましたから、私にもできるのであれば、ぜひ使ってみたいですね。聞いてさっそく試すというのも、我慢の利かない子供みたいで気恥ずかしいので、ここはエイキが消火に夢中で駆け回っている隙に、やってみましょう。

そこの樹木がほとんどない空き地でしたら、火を出しても問題ないですよね。気づかれないように、こっそりと。

「どれ……〝ファイア〟」

どおんっ！

「…………おや？」

一瞬、目の前に赤く炎が弾けたかと思いきや、前方に広がる見渡す限りの樹海が焦土と化していました。

これは……いくらＩＮＴとやらに威力が比例するといいましても、あまりに酷すぎませんかね？

こうしている間にも、次々に火が燃え広がろうとしています。これはまずいのでは。

「早く火を消さないと！　水、水――ええっと、そうそう、〝ウォーター〟！」

どうんっ！

生み出された荒れ狂う水の爆流が、火もろとも視界の木々を押し流していきました。

……なんといいますか、これ、もう大惨事じゃありませんかね？

「なになに？　どったの、アンちゃん？　なんか、すげー音したけど、なにが起こった――って、マジなにこれ？」

戻ってきたエイキが、打って変わった周囲の状況を前に、唖然と立ち尽くしています。

「……天変地異、でしょうかね？　はは」

私も人のことはいえませんでした。油断大敵は私のほうだったみたいです。おおいに自戒しましょう。

それにしても……恐るべし、生活魔法。これまで無知で助かりました。仮に町中でこんなものを試していたら、地図上から町がひとつ消え去っていたところでしたね、はい。

「エイキ！　しっかりしてください！　聞こえますか⁉　エイキ！」

突然、前のめりに倒れ込んだエイキを抱きかかえますと、彼は完全に意識を失っていました。ぐったりとしたまま、ピクリとも動きません。ただ、苦悶に満ちた顔はすっかり生気を失っていました。

卒倒する直前まで、特に前触れなどはありませんでした。強いていえば、若干、気分がすぐれないようなことをぼやいていたくらいでしょうか。それでも戦闘時には元気に剣を振るっていましたし、念のためにヒーリングもかけておきましたので、大事にいたるようなことはなかったはずなのですが。

「ヒーリング！」

何度か回復魔法の重ねがけを行ないましたが、どういうわけか復調の兆しが見えません。いったいエイキの身に、なにが起こったというのでしょう。

思い起こしますと、エイキが変調を口にしはじめたのは、この遺跡に足を踏み入れた直後からでした。

あの生活魔法の騒動から程なくして、私たちはようやく目的としていた遺跡に到着しました。ここはやはり大昔の防衛施設の跡だったようで、風化してわずかに原形を留める防壁と、朽ちかけた砦らしき建造群が、半ばまで樹海の木々に埋もれて現存していました。

規模としては、日本でいうところの大型のショッピングモールくらいあるでしょうか。昔は、このあたりの一大拠点であったのかもしれませんね。その頃は、まだ樹海も現在ほど広がっていなかったのでしょう。こんな木々に囲まれた場所にありながら、大量の物資や人員の輸送を想定していそうな造りからしても、そんな感じがしました。

エイキが以前にも利用したという外壁の崩れた場所から侵入したのですが、エイキがこうなってしまったのは、そのわずか十分ほど後のことです。

建物自体は年数が経過していてもしっかりしており、倒壊の危険性などなさそうでした。通路も多少壁が剥がれ落ち、瓦礫が転がっている程度で、歩きにくいというほどではありません。行きは意気揚々と先導していたエイキを、帰りの今は私が背負いながら逆行しているのですから、どうにも不思議な感じがしますね。

今さらなのですが、私は当初からこの場に対して不可解さを覚えていました。遺跡が魔窟化しているということでしたから、ここにいたるまでの道すがら大量の魔物に襲われたのは理解できるのですが、その遺跡の中心たるこの建物に入ってからというもの、魔物の襲撃はぱったりと途絶えていました。あるとしても、単発的なはぐれっぽい魔物が襲ってきた程度です。本来でしたら、魔物が生み出される拠点なのですから、より苛烈な攻撃があって然るべきと思うのですが……

それに、どうも建物の奥――魔窟の中心と思しき場所から、なにやら嫌な感覚を受けます。曖昧すぎる形容なのですが、適切な言葉がなく……ともかく、もやもやとした不安を煽るようなどことない不快感——そんな感じです。

このことをエイキに伝えた際には、「魔窟なんだから当たり前じゃ？」と軽く流されてしまいましたが、私自身、魔窟を体験するのは二度や三度ではありません。もちろん、これまでそんな感覚を受けたことは皆無でした。

私の覚えたえもいわれぬ感覚と、この今のエイキの様子に、関連がないと断言もできません。むしろ、無関係と楽観視はできないでしょう。

私のミスでした。こんなことになるのでしたら、絶対に引き止めるべきでした。もっと食い下がっておけばよかったと悔やまれます。

もしや、これは何者かの狡猾な罠で、安易に侵入させることで油断を誘ったのち、なにかを仕掛けて——などと訝ったのですが、どういうわけか脱出時に襲撃やその他の異変が起こったわけでもなく、あっさり遺跡の外に出ることができました。

遺跡に入ったばかりでしたが、原因不明で意識不明のエイキをこのまま連れ回すのは危険ですし、今回の調査はこれで断念せざるを得ないでしょう。

ただ、この明らかに怪しげな場所を放置しておくのは、問題かもしれません。この魔窟の攻略にこだわっていたエイキには悪いですが、調査できないのであれば、こんなところはさっさと処分すべきですね。

屋外に創生したベッドにエイキを寝かせて、安全のために少しばかり距離を取りました。

「ここから嫌な感じのする遺跡の中心まで、直線距離で五百メートルといったところでしょうかね？」

指を輪っかにして覗き込みながら、目測します。

遺跡には地下でもあったのでしょうか。嫌な感覚は、地表の建物というより、二〜三十メートルほど地下から感じる気がします。

あの場まで直接行ったほうが確実かとも思いますが、こんな状態のエイキを置き去りにして、そうするのは難しそうですね。なにより私自身、なぜだかあそこに近づきたくありません。

こうなれば、遠距離攻撃あるのみでしょう。危うく森林大火災を招きかけた先ほどの前科がありますので、ここは火力を使わない方向で。物理ですね、物理。

爆発を伴わない物理攻撃の威力とは、重さと速さに比例します。遠距離からの強力な物理攻撃の最適解となりますと、やはりこれしかありません。

『スーパーロボット、クリエイトします』

かつて、超重量の腕をミサイル代わりに飛ばすという豪快な必殺技がありました。

「さあ、行きますよ……！　ロケット――」

創生したロボットをひょいと持ち上げます。

「――ボディ！」

思い切り、両手でぶん投げました。

あやつり人形のように四肢をぷらぷらさせながら舞い上がったロボットが、上空高くで弧を描いたのちに、真っ逆さまに墜落します。

途端に響き渡る大轟音と盛大な地響きに、もうもうと立ち昇るキノコ型的な土煙。陥没する遺跡に、地鳴りの余波で倒壊する周囲の建造群――

周囲の樹海の木々から、いっせいに大量の鳥たちが羽ばたいて逃げ出しました。

「まだまだ行きますよー」

ひょいひょいひょいひょいひょい。

連続で創生して投擲した様々な作品のロボットたちが、次々と目標に着弾しました。我ながら、素晴らしいコントロールです。

遠い記憶では思い入れのあるロボットたちに、このぞんざいな扱いはどうかと思わなくもないでが、他に投げるのに最適なものが思い浮かばなかったので、心苦しくも勘弁していただきましょう。

やはり、合体ものがその分重量があって破壊力もありますね。今後のために、覚えておくことにします。

投げては落とし、投げては落としてを繰り返し――都合十体ほど積み重なったところで、あの嫌な感覚が消え去りました。

遺跡ごとあれだけ無残に崩壊しては、魔窟としての機能も果たすことはないでしょう、これで一件落着です。あの地下になにがあったのか興味は尽きませんが、君子危うきに近寄らず、ですよね。

「んあ……あふぅ。あ～、よー寝た」

「エイキ、起きましたか」

エイキが目覚めたのは、魔窟の遺跡を離れてから丸一日後のことでした。

あれからエイキはどのような手段を試しても目を覚ますことがなく、昏々と眠り続けていました。魔窟を消したとはいえ、魔物が多く徘徊する場所にいつまでも留まるわけにもいかず……おかげで私はエイキを背負子で担ぎ、二宮金次郎像状態でした。

「気分はどうですか？　身体に異常は感じませんか？」

「……ん～。どうだろ。別におかしなとこはないけど……寝すぎてくらくらする感じ？　よくわからんけど……ここどこ？　俺、遺跡にいたんじゃなかったっけ？」

若干、寝惚けていますが、そこらへんの記憶はあるようですね。

エイキは背合わせになった背負子の上で、まだ眠たげに欠伸を繰り返しています。本人にとっては昏睡ではなく熟睡していた感じでしょうか。こちらの気も知らずに呑気なものですが、言葉通りに異常らしきものは窺えませんので、そこは一安心ですね。

「突然、気を失って倒れたんですよ？　これまでにもそんなことが？」

「……ふーん。そうだったんだ、あんま覚えてないなあ。今までは……どうだろ？　なかったと思うけど、多分」

どうにも曖昧な返事ではありますが、この緊張感のなさから前例はなかったと見るべきでしょう。外部から攻撃を受けた様子もなく持病の線を疑いましたが、どうやらそういうわけでもなさそうです。

偶発的な体調不良でしょうか……そう考えますと、今回は私が同行することになって幸いでしたね。いくら常人より優れた身体能力を誇る『勇者』といえども、敵地で意識不明となるなど、確実に命を落としていたはずです。過去、何度か遺跡を訪れたときのようにエイキが単独行動をしていたら、危ないところでした。

「あれからもう丸一日経っていますよ。緊急事態でしたので、遺跡の探索は諦めて引き返している途中です」

「……ふ～ん、あっそ」

エイキは素っ気なくこぼしてから、興味なさげに大欠伸をして、私の背中に体重を預けてきました。

出発前にあれだけ固執（こしつ）していましたから、すんなりと受け入れてくれたのは意外でした。てっきり駄々（だだ）をこねて、また引き返すなどといい出さないかと心配していたのですが……考えていた説得手段の数々が無駄になりましたね。まあ、悪いことではありませんからいいのですが。

「降りて自分で歩きますか？」

「だるいからいいや。それより、腹減ったんだけど。疲れたから甘いもんプリーズ。珈琲（コーヒー）は氷たっぷりのアイスラテで」

「はいはい」

丸一日経過していますからね。お腹が減るのも無理はないでしょう。それに食欲を感じるということは、健康な証明です。

『串団子、クリエイトします』

エイキの好む甘味菓子を創生して手渡しました。

「またこれかあ、アンちゃんのお勧めスイーツって、シブい和菓子系が多いよね。カスタードとか生クリーム系とかないわけ？」

エイキがお気に入りでせがむのは、いわゆる〝コンビニスイーツ〟なのですが、私はお茶請（う）けのお菓子はスーパーでのまとめ買い派ですので、コンビニエンスストアは偶然立ち寄った程度でしか利用したことがありません。

しかも、どちらかといいますと、甘いものよりも塩辛いもの、柔らかいものより歯応えのある硬いものが好みなので、洋菓子のレパートリーには弱いのですよね。流行り物にも興味がありませんし。

私の嗜好でしたら、煎餅にお茶の組み合わせが至高です。ちなみに、駄洒落ではありません。特に健康を心掛けていますから、煎餅は減塩のうす塩味、お茶は渋めの玄米茶がいいですねー。とまあ、それはどうでもいいですが。

「お団子は駄目でしたか？」

「駄目っちゃいわねーけど、美味いし。でも、飽きたっつーか。んがんん」

よほどお腹が空いていたのでしょう。いろいろと文句をつけてはいるものの、エイキは一心不乱に食べています。

本来でしたら、こんな創生した虚構の食べ物よりも、本物の食事のほうがきちんと栄養が取れていいのですけれどね。今はこんな状態ですから、それは集落に帰ってからあらためてすることにしましょう。

「期間限定品や、今季新作はないの？」

またさらっと無茶を。

苦笑しか出ませんね。まあ、我がままをいえるくらいに復調したのだと思って、よしとしましょう。

食欲が満たされたのか、またエイキが背中でうつらうつらしはじめました。魔物の多発地帯はすでに突破していますし、集落ももうすぐのはずです。ここは大人しく寝かせたまま、集落まで戻ってしまいましょう。

それから程なくして、見覚えのある景色が見えてきました。

ここは――そう、あの地下へと続くクレバスがあった付近ですね。エイキに連れられて集落へ移動した際に見かけた覚えがあります。最初はどこもかしこも同じようにしか見えなかった樹海ですが、こう何日間も連日歩いていては、違いもわかってくるというものです。

ここまで来たのでしたら、もう帰り着いたも同然でしょう。今回はエイキが倒れてしまったことにより、思いのほか疲れました。私ひとりでしたら特に問題はないのですが、体調不良のエイキを放置しておくわけにもいきませんから。正直、寝ずの番で夜もほとんど寝ていませんし。

ようやく一息つけると思いますと、自然と足も速まるというものです。

「エイキ、もうすぐ着きますからね！」

……返事がありません。代わりに、深い寝息が聞こえてきます。

どうやらぐっすりと就寝中のようですね。人の気も知らずに仕方のない子ですね……

まったく。

集落近くまで戻りますと、入り口付近にちょっとした団体さんの人影が見えました。その人数は二十人近くいるでしょうか。あれは――

そのうちのひとりが、集落に近づく私に気づき、周囲の方を巻き込んでしきりに騒いで指差していました。

すぐさま駆け寄ってきた数人は、私のよく知る方々でした。

「タックミーん、みっーけ！」

走り出してきたレーネさんが、両腕を広げて飛びついてきました――と思わせて、そのままの勢いで顔面にドロップキックです。甘んじて受けましたが。

「ばっ、おま！　いきなりなにやってんだ⁉」

「もち、皆に心配かけた罰！」

「だからって、再会の出会い頭で顔面蹴りはないだろう⁉」

遅れてきたカレッツさんとレーネさんが、いきなり口論になっています。

「まあまあ、ふたりとも落ち着きなさいって」

嘆息交じりに、フェレリナさんが仲裁していますね。

わずか一週間ほどぶりでしたが、なんとも懐かしい雰囲気です。

「……どうやら、無事だったようね？」

「おや、アイシャさんも。ご心配をおかけしました」

「……ええ。クレバスに落ちたと聞いて、心配していました。それで、大事もなく？」

「見ての通り、特には。貴重な体験ではありましたね」

「……そ、そう。余裕なのね。よかったわ」

はて。台詞の割には浮かない顔ですね、アイシャさん。どうされたのでしょう？

「タクミさん！　あらためて、無事でよかったです。あそこから落ちて、平然と生還されるとはさすがですね！」

　カレッツさんから熱烈に両手を握られてしまいました。それだけ、心配をかけてしまったということでしょう。

「リーダーは甘いよ。まったくさ、なってないよね、タクミんは！　パーティは運命共同体、単独行動が他のメンバーにどれだけ迷惑をかけるのか、ちょっとは考えといてよね？　ったく」

　特にレーネさんは両手を腰に当て、怒り心頭のご様子です。

「ごもっともです。今回ばかりは弁明のしようもありませんね。申し訳ありませんでした」

「いいのよ。わたしたちは精霊のおかげで、あなたが生きていることは知っていたからね。ま、それでもレーネは毎晩泣きべそかくくらいに心配したんだから、しばらくの間は照れ隠しの八つ当たりを覚悟しておきなさいね？」

フェレリナさんが穏やかに微笑みました。

いつもは私と一線を引いている感のあるフェレリナさんも、今日ばかりはどことなく優しげですね。

「ああー！　フェレリん、それバラさないって約束したじゃん！」

「さぁ、そうだったかしら？」

この賑やかさが、身に染みますね。怒られている身分ながら、こんな他愛のないやり取りにも笑みがこぼれてしまいそうになります。

「ご健勝でなによりです、タクミ様。不遜なれど、主従ともども無事を願っておりました」

普段から無表情に近いフウカさんも、わずかに安堵の表情を浮かべているようでした。

「フウカさんにもご迷惑をおかけしてしまいましたね」

フウカさんだけではなく、女王様にもずいぶんとご心配をおかけしたことでしょう。行方不明の『勇者』捜索に出向き、自分まで行方知れずになるなど、とんだ笑い話です。今度、女王様にはきちんと謝罪したほうがよさそうですね。

最後にやってきた井芹くんに、ぽんっと拳で胸元を叩かれました。

「よもや、儂がおらぬ間に、樹海を火の海になどしておるまいな？」

ぼそりと小声で囁かれます。

会って早々、なんの心配ですか、なんの。

とはいえ――

「………いいえぇ？」

「……その間はなんだ？　しかも、なぜゆえ疑問形？」

心当たりがなくはありませんが、あれは未遂ですし、焦土になっても火の海というほどではありませんでしたよね、多分……

被害が大きかったのは、むしろ、その後の水害のほうですし。

「………はぁ」

深い溜息の後に、井芹くんには無言でどてっ腹を殴られました。これも甘んじて受けましょう。

「それで、あちらの方々は？」

この場にいるのは『青狼のたてがみ』の面々だけではありませんでした。

他にも十名以上の方々がおり、こちらはのんびりとした足取りで歩み寄ってきます。

「おやまあ。本当に生きていたとは驚きだね、兄さん」

「あなたは……ジーンさん？」

猫の耳に長い尻尾――これはこれは、以前に最初の集落でお会いした獣人のジーンさんではありませんか。たしか、『黒猫の輪舞』という冒険者パーティのリーダーの。

ということは、後ろに引き連れた四人ほどの同じ獣人さん方は、彼女のパーティのお仲間さんですかね。

「けっ！　なんだ、てめー。生きてやがったのか。大空洞に落ちて生きているなんざ、悪運の強ぇ野郎だな？」

もうひと集団の別の方が、ダミ声に肩を怒らせながらやってきました。

「おお、あなたは………はて。失礼ながら、どなたでしたっけ？」

「はあぁ⁉　てめー、いうに事欠いて、この俺様を忘れただあ⁉　いいか、よく聞け！　この俺様はぁ！　世に名高きBランク冒険者パーティ！　『黄虎の爪』のぉ！　ローラン様だあ！　だっはっは！」

声、大きいですね。

ああ、いましたね、そんな方も。カレッツさんと揉めていた……すっかり忘れていましたね。覚える気がなかったというのが正しいかもしれませんけれど。

では、残りの方々は、このローランさんのお仲間さんですか。

「あ～、おっちゃん、うっさいから。静かにして」

ぴしゃりと切って捨てるのはレーネさんです。

「ひどいよ、レーネちゃん⁉」

「だから、ちゃん付けで呼ぶなっての」

両手を広げて抱きつこうとしたローランさんに、レーネさんが無情の顔面蹴りです。にもかかわらず、ローランさんはちょっと嬉しそうな……

このふたり、なにがあったんでしょうね？　初対面では犬猿(けんえん)の仲っぽかったですが、いつの間にやらなんだか仲良しさんです。反抗期の娘に手を焼く、親馬鹿の親父さんというふうではありますが。

「たまたま次の集落で再会したので、樹海の案内を依頼したんですよ。樹海については、永くいる彼らのほうがずっと詳しいですから」

カレッツさんが教えてくれました。

明言はされませんでしたが、それはきっと私のためでしょう。この集落に着く目的だけでしたら、あの地図があれば『青狼のたてがみ』のメンバーだけで充分だったはずです。それでも協力を求めたのは、他の情報――つまりは、クレバスに落ちた私を捜す手がかりを得るためだったのでしょうね。

思わず、胸がじんとしてしまいます。なんとお礼とお詫(わ)びを述べればいいのやら。

「ねえ、タクミん。それでさ、さっきから気になってたんだけど……その背負っている人ってもしかして？」

「おや、そうでした。これはうっかりしていましたね」

再会の感激に、ついつい肝心のエイキのことを忘れてしまっていました。今なお背中から動かないところを見ますと、この騒動の中でもまだ夢の中みたいですね。

「そうです。この子が、捜していた『勇者』のエイキですよ」

にわかに、どよめきが走りました。

あ、そういえば、勇者捜索のことは、同行された他の方々にも伝えてあるのでしょうか。秘密にしているのでしたら、まずかったかもしれませんね。

「ほほう、これがあの救国の三英雄のひとりに謳(うた)われる『勇者』ねえ。まだガキみたいだが、本当かよ？」

ローランさんが、背後に回り込もうと近づいてきました。

根は悪くない方らしいですが、相変わらず口は悪いですね。エイキは子ども扱いは嫌いみたいですから、起きていたら殴(なぐ)りかかってしまいそうです。眠っていてよかったというべきでしょうか。

「「「――え？」」」

不意に、幾人(いくにん)かの声がハモりました。

その直後、私の視界に飛び込んできたのは、身体から血を噴き出しながら仰向(あおむ)けに倒れ込むローランさんの姿でした。まるで時が止まったかのように、そのローランさん自身が、一番不思議そうな顔をしています。

次いで、背後から飛び出した影が、近くにいたジーンさんのお仲間の獣人さんを袈裟懸けに斬り裂きました。途端に鮮血が撒き散り、あたりに血腥い臭いを充満させます。

あまりに突発的な出来事に、誰も反応できませんでした。

私もまた、別の意味で反応できていません。なぜなら、血の滴る剣を振りかざしていたのは、あのエイキだったのですから。


エイキが次に目標と定めたのは、すぐ傍にいた井芹くんでした。

ですが、さすがに『剣聖』である井芹くんの反応は素早く、瞬きする次の瞬間には、どこからともなく取り出した愛刀を抜いています。

耳障りな金属音がして、上段から打ち下ろされたエイキの剣を、井芹くんが抜き身の刀身で受け止めました。

「――しっ！」

空気の抜ける呼吸音とともに、井芹くんの刀が煌めきました。

その斬撃を今度はエイキが受け止めて、続けざまに二合三合と斬り合います。

「……！　こやつ――」

井芹くんが薙いだ刀を、エイキは後ろに跳んで避けると同時に、後転しながら大きく距離を取りました。

正直なところ、あの井芹くんが刃を交えるところを初めて見ました。これまで、大抵の相手は一撃で沈黙させていましたから。

咄嗟ということもあり、井芹くんがさほど手心を加えていたとも思えません。『勇者』であるエイキの実力とは、それほどということでしょうか。

「って、考えごとをしている場合ではありませんでした！　ヒーリング！」

まずは、重傷を負った方々の治療が先です。急いで駆け寄り、癒しの神聖魔法をかけて回ります。

王国騎士であるフウカさんを除き、この場に集う全員が冒険者ということもあり、皆さん対応が早いです。すでにエイキを明確な敵とみなして、陣形を整えていました。

「エイキ！　駄目です、落ち着いてください！　この方々は私の知り合いです！　敵ではありませんよ!?」

このままでは、本当に血みどろの戦闘がはじまってしまいそうです。エイキは目覚めたばかりでしたから、きっと見知らぬ面々に取り囲まれているように感じて反射的に攻撃を――そうに違いありません。

そう信じ、エイキを落ち着かせるべく、彼の前に立ったのですが――

「……エ、エイキ?」

エイキの顔つきが尋常ではありませんでした。両目が血走り、犬歯を剥き出しにし、狂相で顔を歪めています。こんな表情は、今まで見たことがありません。

表面上はいつも飄々として、人を小馬鹿にしたような言動を取る子でしたが、こうも殺意を漲らせることはなかったはずです。

「いったい、なにが……」

ぴりっと、首筋に電流のようなものを感じました。

なんでしょう、この嫌な気配は。これではまるで、あの遺跡で感じたような……

「死ねえっ！」

エイキは叫び、正面の私を完全に無視して、横向きに跳躍しました。

着地点の狙う先にいるのは、レーネさんです。エイキのスピードについていけていないレーネさんは、目標を見失って無防備になってしまっています。

私も嫌な気配に気を取られて、反応が遅れました。

「ぼさっとするでない！」

神速でふたりの間に滑り込み、レーネさんを救ったのは井芹くんでした。

いつの間にか、井芹くんの服装が『剣聖』のそれになり、エイキと対峙しています。

「イ、イセリん？」

レーネさんにしてみれば、それまで弟扱いだった井芹くんの突然の変貌に、戸惑いを隠せないようです。

いまだ状況は理解できていませんが、私もエイキを止めるために井芹くんに加勢を——

「斉木は来るでない！」

その井芹くんに、一喝(いっかつ)されてしまいました。

「こやつが真に『勇者』ならば、〈終末決戦〉スキルを有しているはず。かの固有スキルは決戦スキルのひとつ——相手の力に呼応し、限界を超えて己が力を極限(きょくげん)まで高める効果がある。斉木の領域(りょういき)まで到達できるとも思えんが、仮に至ったとなれば、ここら一帯が容易に消し飛ぶぞ」

「ええっ、そんなものがっ⁉」

事の重大性が、なんとなく理解できました。

どうりで『勇者』という存在が、あれほどまでに重用(ちょうよう)されるわけです。相手が強ければ強いほど、それを上回るほどに強くなれるスキルなど、私がいうのもなんですが、なんと常識外れな。

つまり、『勇者』とは、対個人戦における最強の存在というわけですか。となれば、かつての魔王軍との戦闘の折、エイキが途中で力尽きてしまったのも頷(うなず)けます。あれは個人対集団による戦闘でしたから。

そうなれば、私は不用意に動けません。私が動くことで不利に働いてしまうのでしたら、口惜(くちお)しいですが井芹くんたちに任せるしかないということになります。こんな肝心なときに、なんとも不甲斐ない。

それにしても、エイキはどうしてしまったというのでしょう。

尋常ではない様子ですが、決して自意識を失っているというわけでもなさそうです。ここにいるほとんどの方とは初対面のはず。あれほどの敵意と殺意を向ける意味がわかりません。

「参る」

井芹くんが一足飛びに、エイキとの間合いを詰めました。井芹くんの刀も、明らかに殺気を帯びています。

「うぜえええっ！　邪魔すんな、このドチビが！」

「……貴様には、年長者に対する口の利き方というものを教授してやろう」

井芹くんの怒気が殺気に上乗せされます。

（ああ、駄目ですよ、井芹くん。一撃必殺だけは避けてくださいね……！）

私にできることは、いつでもヒーリングするべく、待機しておくことですね。

ふたりの激しい本気の打ち合いが続きました。驚くべきことに、エイキは井芹くんに対して互角の剣戟を演じています。エイキの実力がこれほどとは、重ねて驚くばかりです。

（いえ、これは……）

ふたりの戦い方が妙なことに気づきました。

お互いに打ち合いをしているのではなく、エイキが他の方に斬りかかろうとするのを、井芹くんが未然に防いでいるかたちです。

ということは、エイキが敵視しているのは、あくまで他の冒険者の方々ということになるのでしょうか。でも、どうして？

「あんたら！　あんな坊やがひとりで戦ってるんだ！　いつまでも守ってもらってるんじゃないよ⁉　『黒猫の輪舞』、出るよ！」

「「「了解！」」」

威勢のいい声を上げたのは、ジーンさんでした。

即座にお仲間の獣人さんたちが散開し、エイキを翻弄すべく巧みな動きを見せています。

さすがに獣人だけあってか、周囲の樹木まで足場に利用して、付かず離れずの威嚇とフェイントを織り交ぜた攻撃は、実に多彩なものでした。

「おい、てめえらもぼさっとすんなあ！　ここで働けなけりゃあ、『黄虎の爪』の名折れだぜ⁉」

「「「へいっ！」」」

「特にあいつにゃあ、さっきの借りがあるからなあ！　ガキのオイタをいつまでも許してんじゃねえぞ⁉」

「「「借りがあるのは、お頭だけです！」」」

「うっせえわ！　てめえら、仕事しやがれ！」

ローランさんのパーティは、接近戦重視の構成でした。井芹くんのように、エイキと面と向かっての斬り合いはできませんが、盾役の防御で主にエイキの攻撃をなんとか凌いでいます。その分だけ井芹くんが皆さんを守る負担が減り、攻撃に回ることができていますから、お見事なものです。

「俺らも行くぞ！　レーネはジーンさんたちと同調して攪乱！　フェレリナは精霊魔法でローランさんたちを支援！　アイシャさんは隙を見て、鞭での『勇者』の捕縛を試してみてください！」

「あいさっ！」

「わかったわ！　精霊よ――」

「………」

遅れじと、『青狼のたてがみ』の皆さんも参戦しました。

「うぜえええっ！　この糞雑魚どもがあ！」

攻撃役として井芹くんを主軸に、『黒猫の輪舞』が陽動を、『黄虎の爪』が防御を、『青狼のたてがみ』が補助をと、異なるパーティだというのに、まるでかねてから訓練したかのような連携です。冒険者とはかくあるべし、といったところでしょうか。

エイキが次第に傷つき追い詰められていくのを見守るのは辛いものがありますが、この状況では致し方なしです。一刻も早く取り押さえて、真意を質さないといけません。依然と続くこの嫌な感じ——エイキの豹変と関連がある気がします。

これだけの陣営に拮抗しているエイキも脅威なのですが、ついにその動きに陰りが見えはじめてきました。猛攻の前に守勢に回らざるを得ず、明らかに押されてきています。

一撃必殺を旨とする井芹くんですが、どうやらエイキに手傷を負わせ続けて、無力化させる狙いのようです。この流れでしたら、それが叶うのはもはや時間の問題でしょう。

（そのはずですのに——なんでしょう、この不安感は……？）

眼前で繰り広げられる戦いは、もはや決着がつく寸前だというのに、どうにも不安が拭えません。それどころか、ますます膨れ上がっているようです。これはいったい——？

「くっ！」

まるで〈森羅万象〉を使ったときのような強烈な頭痛が走った瞬間、エイキから発せられていた嫌な気配が増大しました。

「があああああああ——!!」

最初、私はその獣の断末魔の叫びのような雄叫びの発生源が、エイキだと気づきませんでした。

直後、決定打を見舞おうとしていた井芹くんをはじめ、その場にいたすべての方々が、爆風に煽られたように吹き飛ばされます。私は距離を取っていたので難を逃れましたが、近くにいた方々の中には、それだけで戦闘不能になった方もいるようです。爆心地に立っていたのは、もちろんエイキでした。しかしながら、その姿が異形へと変貌しています。

半身が真っ黒な靄に覆われ、まるで闇を纏っているかのようでした。露わになっている虚ろな左目は、焦点があっているのかもわかりません。そして、闇に覆われた右目は――真紅に彩られていました。

（そんな、あれではまるで――）

「まさか……魔物堕ち？」

誰かの発した呟きが、やけに大きく響きました。

魔物堕ち。その意味するところが、麻痺した脳にじんわりと浸透していきます。

魔物。人が――『勇者』でもあるエイキが――魔物になった、と？

「あああああああああ――！」

絶叫で、我に返りました。

エイキの表情からは、完全に理性というものが消えています。彼は恐ろしいまでの突進で、手近な位置にいたジーンさんを狙っていました。

ジーンさんは獣人としての野生の嗅覚でしょうか、私よりも早く危険を察知して回避行動に入っていたのですが、それを嘲笑うかのような恐るべきスピードです。先ほどまでの数倍に達するでしょう。

もはや、エイキは剣すら握っていません。獣のように素手で襲いかかるのみです。すでに闇に黒く呑まれた両腕は、魔物のように太く長く変化していました。

指の先には、鋭い爪が見て取れます。あんなもので引っ掻かれては、人間の柔肌など紙切れよりも簡単に引き裂かれてしまうでしょう。

「──させぬっ！」

そこにも割り込んだのは、井芹くんでした。

前腕部分を刃で受けとめたはずなのですが、鈍い金属音が響きます。先ほどまでと違い、井芹くんの表情には余裕がありません。鍔迫り合いになっているのですが、明らかに力負けしています。

「ちいっ、小癪な！」

それでも全身のバネを使った渾身の力で腕を跳ね上げたことで、反動によりエイキがよろけました。

そんな決定的な隙を井芹くんが見逃すわけもなく、同時に必殺の居合の姿勢に入ります。エイキも反応して反撃を試みているようですが、タイミング的に井芹くんに軍配が上がりそうです。

「──っ⁉」

刀が鞘から抜かれる瞬間――どういうわけか、その腕が止まりました。井芹くんの背後から、利き腕に縛めの鞭が巻きついています。

「おのれ、貴様――やはり『影』か⁉」

「ご明察♪　状況は掴めないけど、この絶好の機会を見逃す手はないよね？　標的の暗殺には失敗したし、目処も立たないから、あっちは諦めて今回はあんたで我慢しとくさ」

鞭の持ち手を引き絞るアイシャさんの表情が、舌舐めずりせんばかりに愉悦で歪んでいました。

（なぜ、アイシャさんが――？）

こっちこそ、状況がてんでわかりません。『影』とは？　まるで彼女までが別人のようになってしまったかのようです。

「ともかく、このままでは井芹くんが！」

絶望的な状況でした。

井芹くんは動けず、目前にはエイキの無慈悲な豪腕が迫っています。今の変貌したエイキの攻撃を、『剣聖』の井芹くん以外に止められるとは思いません。その井芹くんの命すら、いまや風前の灯火です。

まさか井芹くんに限って。常にそんな思いがありました。それがこんな……こんなことになるなんて――

「〈攻防転換〉！　〈盾防倍化〉！　〈共感〉スキル、臨界突破！」

凛とした声が木霊し、井芹くんの眼前に飛び出た大盾が、凶悪な鉄槌と化したエイキの拳を寸前で受け止めました。

筆舌に尽くしがたい轟音が鳴り響き、巻き起こった爆風が周囲の土砂を吹き飛ばしました。

土煙の中から現われたのは、大盾を支えて踏みとどまるフウカさんです。盾の表面が無残にひしゃげてしまっているとはいえ、あの井芹くんですら力負けした膂力を、強引に力で押さえ込んでいます。騎士とはいえ、あの細身の身体のどこに、それだけの力を秘めていたというのでしょうか。

「『剣聖』殿！　今のうちに！」

「……礼をいう」

「ちぃ！　騎士風情が、余計なことをしてくれるね!?」

井芹くんが腰の脇差でアイシャさんの鞭を断ち切り、エイキの攻撃圏外に脱出しました。

今の攻防の隙に、他の方々も安全圏まで距離を取ったようです。

よくはわかりませんが、アイシャさんまでもが敵に回ってしまった今、いくら井芹くんでも荷が勝ちすぎているでしょう。もう四の五のいってはいられません。ここは多少の危険を承知で、私も前に出るべきですね。

おそらく、今のエイキは防御力も飛躍的に上がっているはずです。生半可な攻撃では、行動不能にさせるには至らないでしょう。あの〈終末決戦〉とやらのスキルもありますから、長丁場は不利なだけです。

やるなら一撃で。それしかありません。

「……斉木。今のあやつの力は、これまでの比ではない。参戦するならば、あやつを殺す心づもりでないと……それで構わぬな？」

井芹くんが真顔で怖いことをいってきました。

「いくらなんでも大げさな。そこまでするつもりはありませんよ？　ですが、エイキにはしばし痛い目を見てもらいましょう。まずはふん縛ってから、その後で治癒して正気を取り戻させます。なに、生きてさえいるのでしたら、治してみせますから。大丈夫ですよ」

平時のエイキを知っているだけに、この手で痛めつけるのはとても気が引けます。むしろ、個人的な心情としては冗談ではありません。

できればそんな目に遭わせたくはないのですが、なにせ今は緊急事態です。このままでは、本当にエイキと井芹くんの命の取り合いとなってしまいます。それだけは避けませんと。

「斉木」

「なんですか？」

「残念だが、魔物にヒーリングは通じない」

「は？」

今なんと？

「いえあの……エイキですよ？　人間の」

疑似生命体である魔物には、神聖魔法のヒーリングは影響しない――以前に『聖女』のネネさんからそう聞かされました。ですが、それがエイキとどう関係あるのでしょう。

「つい先刻までならばな。あやつの今の形を見てみろ、どちらかというと魔物寄りだ。あの状態で回復魔法が効くかどうかは、儂にもわからん。意味はわかるな？」

致命傷の一撃を与えたとして、ヒーリングが効かなければ殺してしまうことになる……と？　私が？　この手で？

途端に目の前が暗くなる思いでした。とてもではないですが、エイキの命がかかった状況で、そのような博打に打って出られません。

ただ、このままでは、他の誰かが犠牲になる可能性は高いでしょう。それも受け入れられるわけがありません。

「いったい、どうすれば……」

嫌な汗が止まりません。脳の機能が停止して、頭が真っ白になりそうでした。ぐるぐると思考の迷宮に誘われてしまった気分です。

「やはり甘いな、斉木。だが、お主はそれでも悪くないと思うぞ」

「……え？」

「ならば、ここはやはり儂が引き受けよう。儂ならば、あやつを止められる目もあろう」

「失敗したら、どうなるのです？」

「そうさな。勝てば重畳、ふたりとも生き延びられるやもしれん。五体満足かは賭けになるがな。儂が失敗したら、もはや斉木以外に止められる者はおらんだろう。儂が死に、あやつも死ぬ……やもしれんというだけだな」

「どちらも生き延びてほしいのですが」

「贅沢いうでない。戯け者が」

この状況で、井芹くんは笑ったようでした。

しかし、それもほんの束の間のことで、すぐに真摯な表情に取って代わりました。

「〈明鏡止水〉――我は研ぎ澄まされた刀なり。これより敵を斬り裂く一振りの刃と化さん」

井芹くんもついに本気になったようです。

表面上の闘志や殺気の類が一切消え、その代わりに内部で凄まじい力が凝縮されていくのを感じます。まるで噴火寸前のマグマのようで、身震いするほどです。

その脅威を感じ取っているのか、エイキも警戒心を露わに臨戦態勢に入っていました。もはや全身の七割ほどが黒く染まった体躯を地面すれすれまで伏せて、力を蓄えています。片目を真紅に揺らめかせ、野生の獣のように四肢で踏ん張るさまは人間とかけ離れており、あれがあのエイキだなどと信じられず目を覆ってしまいそうです。

一触即発。どちらも相手の生命を即座に散らしてしまう力を秘めているでしょう。それがわかっているだけに、お互いに容易に仕掛けられない――そんな感じです。

ですが、その瞬間は遠からず訪れます。そして私は、一方を、あるいは双方を、失ってしまうことになるのでしょうか。

（……このような大事なときに、私はなにをのほほんとこの場にただ突っ立っているのでしょうね?）

だんだんと自分に腹が立ってきました。

『神』などと、矮小なこの身に余る大役を授けられておきながら、この体たらく。どちらも無事にあってほしい――その程度の些細な望みも叶えられずして、なにが『神』だといえるのでしょう。

『神』が真に全知全能であるならば、なにか方法はあるはずです。たとえ、私自身は全知にも全能にも遠く及ばない紛い物の『神』だとしても、同じ力を与えられているならば、できることはあるはずです。ないとおかしいではありませんか。

魔物堕ちしかけているエイキを止める手段となりますと、敵対も攻撃もせずに、エイキを行動不能にしないといけません。一見不可能そうですが、外見はああでも中身のエイキはまだ人間のはずです。昏睡に気絶に麻痺、人間を動けなくするだけでしたら、いくらでも方法があります。

〈万物創生〉スキルで創生できる武器には、そういった付与効果があるものもありますが、それらも所詮は攻撃手段——敵対行為に他ならないわけですから、仮に一撃目で仕留められなかった場合は、例の〈終末決戦〉が発動してしまう恐れがあります。そうなってしまっては、井芹くんが身体を張った意味がなくなり、元の木阿弥です。

（エイキはずっと眠そうで、現にさっきまで寝ていました。でしたら、睡眠を誘発させるのはどうでしょう？　眠りを誘う笛とかありませんでしたっけ）

でも、駄目ですね。他の方々まで効果が及んで眠ってしまいそうです。肝心のエイキに効かなかった場合を考えますと、使えそうにありません。

といいますか、情けないことに私がいの一番に寝てしまいそうな予感がひしひしと。ただでさえ昨晩はエイキの看病で一睡もしていませんから、睡魔に抗える自信は皆無です。

（罠などはどうですかね？　エイキは甘味に目がありません。新作スイーツとやらを餌にして、捕縛の罠を仕掛けて……）

って、カゴで鶏を捕まえるのではないのですから、戦闘中にそんなことに引っかかる人がいるわけないじゃないですか。半分獣のようになっているとはいえ、あまりにエイキを馬鹿にしすぎです。

早くも万策尽きました。我ながら、なんともしょっぱい全知全能でしたね。まさに小市民もいいところです。恥ずかしくなってきましたよ。

（本当に誰ですかね、私を『神』などとしたのは。考えなしにもほどがありませんか⁉）

なにやら、八つ当たり気味な怒りも湧いてきました。

（……いえ、ちょっと待ってくださいよ。甘味……食べ物？　これって使えるのではないですか？）

確信のない思いつきではありましたが、私の予想が正しいのでしたら、いけるかもしれません。ふたりの死闘を止めるには、可能性が低くともやってみるほかないでしょう。為せば成る、為さねば成らぬ何事も、の精神ですね！

これには特別な準備も予備動作も必要ありません。ただ一言、いつものように念じるだけ――

「消えてください」

私が声を発した直後、エイキの足元がふらつき、四肢が千鳥足を踏むようによたよたとよろめいて卒倒しました。

「エイキ！」

即座に駆け寄って確認しますと、息はしています。失神したためか、いつの間にか身体を覆っていた黒い靄も消えており、ごく普通の少年の姿をしたエイキが上体を丸めて寝転がっているだけです。

「あの嫌な気配も消えているようですね。よかった」

どことなく幸せそうな寝顔ですね。人の気も知らずに、困った子ですよ。

「……斉木、なにをした？」

刀を収めた井芹くんがやってきました。

「他愛もないことです。〈万物創生〉で創生した食べ物の一切合財を、エイキの体内から消したんですよ」

再会してからの四日間、エイキは私の創った食べ物だけを食していました。

創生した食物は、摂取して体内で吸収される以前に大半が消失してしまうためか、どれだけ食べても最終的な栄養価はほとんど得られません。つまり、エイキはこの数日間、軽い栄養不足の状態になっていたわけです。

わずかとはいえ、すでに栄養素として吸収していた分の食物まで私がすべて消してしまったことで、ただでさえ栄養不足にあった身体は急激な低血糖に陥ったのでしょう。

低血糖症で起こる症状としては、酷いときでは意識障害、痙攣、昏睡などがあります。

血糖値の落差が激しいほど症状は顕著らしいので、通常ではありえない急速な推移に身体がついてゆかず、特に効果抜群だったようですね。

エイキを倒したのは、外側ならぬ内側からの攻撃だったわけです。これなら、敵対行動とはみなされません。エイキの体内がまだ人間のままで、本当に助かりました。加齢にともない、老後の健康のためにと事前にいろいろと調べていたことが、こんな異世界で役に立とうとは。知識は力なりとはいいますが、土壇場でとんでもない火事場のクソ力を発揮してくれたものですよ。

「よくもやる。斉木にしては、頭を使ったようだな」

井芹くんからはお褒めの言葉をもらいました。褒められたんですよね、多分。

こうして、いろいろありましたが……勇者〝捜索〟から始まった冒険は、勇者〝捕獲〟をもち、幕を閉じることになるのでした。

エイキの件が一段落したところで、皆さんとはその集落で解散することになりました。『黒猫の輪舞』と『黄虎の爪』の皆さんは、すでに一足先に出立しています。あの方々は樹海の巡回が元々の依頼で、こちらの依頼はついでのようなものでしたから、本来の仕事に戻ったということになりますね。

今回の一連の騒動では『勇者』の風評被害を危惧していたのですが、「依頼遂行中に得た情報には守秘義務がある」とのことで、皆さん他言無用にしてくれるそうです。失踪どころか『勇者』の魔物化など、表立ってしまってはひと波乱どころか国家を揺るがす騒動になりかねませんからね。実にありがたいことです。

そして、その渦中の人、『勇者』ことエイキは、といいますと――

「アンちゃ～ん。俺、腹減ったんだけど。どうにかして～」

ドラム缶から首だけ出し、食事の催促です。

これぞ由緒正しきドラム缶のコンクリ詰め、のオリジナル強化バージョンといったところでしょうか。沈めようとか、そういった意図ではないですよ？　エイキのパワーでは檻や拘束具の類では無意味そうなので、やむなくの処置です。

また暴れられては困りますから、とりあえず身動きを取れなくしたのちに回復させて、今に至るのですが……この状況下でも、エイキはエイキでした。当初は暴れ出すかと懸念していたのですが、目が覚めてから開口一番、「おおう、マジか」と呟いただけで怒りもせず、今ではドラム缶の中でリラックスしている様子すらあります。

どうも、異常下にあった自分のことは覚えているらしく、甘んじてこの処遇を受け入れているようでした。エイキ曰く、二ヶ月前に起こったあの遺跡での件を境に、他者に対する嫌悪感や苛立ちがますます酷くなり、今回は殺戮衝動にまで発展してしまったのだとか。

やはり、あの嫌な感覚……今はまったく感じませんが、あれが無関係ではないと思います。

井芹くんの話では、人間の魔物化など過去に前例はないそうです。それだけでも、その異常性は窺えます。

「な～んか、頭がすっきりした気分？　靄が晴れたっていうかさ。中学時代の黒歴史つーか、俺なんであんなにイキがってたんだろ？　ってみたいな。わかる？」

はい、いまいちよくわかりません。暗示や催眠が解かれたような感覚なのでしょうかね。

「でさ。朧気だけど、そのときあそこで誰かに会った気がすんだよね。誰だっけか……見覚えがあるよーな、ないよーな。そうだなあ、例えるとアンちゃんっぽい感じの奴。もしかして、本人だったりする？」

「するわけないじゃないですか。そもそも二ヶ月も前に、あんな場所に私がいるわけありませんよ。このトランデュートの樹海の名前すら知りませんでしたし」

エイキとは四日前が久々の再会でしたからね。まあ、エイキのほうは、薄情にも私のことをすっかり忘れていましたけれど。実際、二ヶ月前のその頃は、護送馬車の檻の中でしたし。

……レナンくん、元気にしてますかね。

「だよね。見た目も全然違ったと思うし」

ならなぜ私かと訊いたのでしょう。若い子の感性は謎だらけです。

推測でしかありませんが、あの場所でエイキは誰かと出会い、おそらくそのときに碌でもないなにかを施されたのでしょう。

場所が場所だけに、真っ当な人間がいるとは考えづらいですね。魔窟化していたということからも、やはり魔王軍に関連するものでしょうか。樹海の奥底には、魔王の根城があるとの噂でしたから、いつぞやの魔将の類とか。

憶測の域を出ませんが、なにかされたというなら、そのなにかをした相手は、『勇者』であるエイキを圧倒したことになりますよね。真っ向勝負ではなく搦め手を用いた可能性もありますが、どちらにしてもよほどの実力者なのでしょう。

ただし、そう考えますと、『勇者』の敵対者であるにもかかわらず、命は奪わなかったことになりますから、またややこしくなりそうです。なにが目的だったのでしょうね、陰謀めいた謎を感じます。その真意やいかに。

それに、エイキを問い質してわかったことなのですが……あんな状態でも、私と井芹くんには殺意は抱かなかったそうです。井芹くんの場合は邪魔立てするので、あくまで障害排除という意味合いだけだったとか。私と井芹くんに共通するもの――還暦かとも思いましたが、年齢ではなくて日本人、もっと突っ込むと、異世界人であるか否かということかもしれません。

これもまた謎ですよね。脅威度が遥かに高いはずの私たちを放置で、この異世界の人たちを限定で狙うとは、裏にどんな意味が隠されているのか。うむむ。

「アンちゃん！　小難しいことはもういいから、メシちょうだい、メシ！　胃と腹がくっつきそうなんだけど！」

それをいうなら、お腹と背中ですよ。胃とお腹は常時お隣さんですね。

それはさておき、エイキの身体事情としては、何日も飲まず食わずの状態のはずですから、それも致し方なしでしょう。回復魔法で肉体の異常は治せても、空腹はどうしようもありませんからね。

「ちょっと待ってくださいね……ではこれをどうぞ」

とりあえず、例のごとく串団子を創生しました。

「おお、さっすがアンちゃん！　使える！　はよはよ。あ〜ん」

エイキがひな鳥のように口を開けています。首から下がコンクリートに埋もれていますから、仕方ありませんが。

「うまうま。あと珈琲ね。コンクリが冷えるから、ホットで」

「はいはい。熱いですから気をつけて」

団子を差し出しては、合間に珈琲を――これはもう子育て中の親鳥の気分ですね。

……が、こうした世話焼きも、ちょっと楽しいものです。意外に悪くありませんね、はい。

「呑気なものだな、斉木は」

そんな状況を間近で眺めていた井芹くんに、呆れられてしまいました。

「……で、あのお通夜組はどうする気だ？」

井芹くんに促されて、私もそちらを見遣りました。

少し離れた場所で、のろのろと帰り支度をしているのは、カレッツさん、レーネさん、フェレリナさんの面々です。

エイキの凶暴化のことがありますから、この異世界の住人であるお三方には、申し訳なくも念のためにエイキと距離を取ってもらっていました。

覇気なく見えるのは、やはりあの件があったからでしょう。『剣聖』の正体を隠していた井芹くんのこともそうですが、『青狼のたてがみ』の、この場にいないもうひとりの仲間——仲間だったアイシャさんのことがあったからです。

実は、エイキを鎮めたあの後、まだとんでもない一悶着があったのです。

「あらら。参ったね、こりゃ。こんなあっさりと片がつくなんて、想定外もいいとこだよ。焦りすぎたかな」

あっけらかんといってのけたのは、アイシャさんでした。

ただ、彼女がどんな表情でそれを口にしているのかは、いつの間にやら顔面に装着した鉄の仮面に遮られていてわかりません。服装もいつものラフな服装から、全身を覆うラバー製の黒いボディスーツに入れ替わっています。

そして、彼女が盾代わりに抱きかかえているのは、レーネさんでした。その首筋には、大型のナイフがつきつけられています。信じたくはありませんが、これはどう見ても人質というやつでしょう。

「は、はは……アイシャん、嘘だよね？　これ、冗談なんでしょ？」

顔色を失くしたレーネさんが訴えかけるものの、反応はありません。代わりに冷たい殺意が、レーネさんの切望を否定していました。

「あなたは……誰なのです？　その仮面の下にいるのは、アイシャさんではないのですか？」

「おや。この姿で顔を合わせるのは初めてだったかな？　でも、もうわかってるんだよね？　こうして正体を晒した今……あんたなら。ちなみにアイシャってのは今回利用させてもらっただけで、本人は三年前くらいに〝不慮の事故〟でお亡くなりさ」

どういうことでしょう？　これは突発的な行動ではなく、もとからなんらかの目的があり、身元を偽って『青狼のたてがみ』に潜り込んでいたということでしょうか。

「久しいな、『影』。こうして冒険者として相見えるは、いつぞやの廃屋以来か？」

はて。『影』……どこかで聞いたことがあるような気がするのは、なぜでしょうね。

「そうなるかな。その節は玉の肌に傷をこさえてくれて、どうもね。このひと月ばかり、あんたのショタっぷりには楽しませてもらったよ？」

「抜かせ」

どうやらふたりは旧知の間柄のようですね。ただし、この険悪なやり取りからして、友好的な関係ではなさそうですが。

「お知り合いですか？」

「こやつは、通称『影』。Sランクの冒険者だ」

遠巻きに成り行きを窺っていた方々がどよめきました。

Sランクの冒険者の『影』――ああ、いつぞやサルリーシェさんから聞いた、潜入調査のスペシャリストとやらですか！　どうりで、聞き覚えがあるわけです。ですが、そんな高名な方が、どうして身分を隠してこのような場所に？

「井芹くんと因縁でも？」

「こやつとの付き合いも永い。因縁がないわけではないがな。だが、今回のこやつの標的は、斉木――お主だろう」

「え？」

意外すぎる井芹くんからの返答に、反射的に鉄仮面をじっと見つめてしまいました。

こんな日中から奇天烈な仮面姿をした黒子など、一度でも目にしていれば忘れなさそうなものですが……残念ながらまったく見覚えがありませんね。

「……失礼ですが、人違いではないでしょうか？」

熟考した上で心当たりがありませんでしたので、そう答えておきました。

先ほど〝この姿で顔を合わせるのは初めて〟といわれていましたから、もしかしたら別の格好のときにでも会っていたのかもしれませんね。ただ、恨みっぽいものを買ったとなれば、話は別です。欠片も身に覚えがありません。

「んなぁっ⁉」

叫んだのはアイシャさんでした。なにやら衝撃を受けたようで、レーネさんに突きつけたナイフを取り落としそうになっています。

「アイシャさん――あえてそう呼ばせてもらいますが、アイシャさんの中身さんは高名な冒険者なのですよね？　そのような方と会う機会など、私にはまずなかったはずなのですが……どうでしょう？　誰かと間違ってませんか？　私としましては、あなたに恨まれる筋合いなどないと思うのですが……」

アイシャさんの肩がぷるぷると震えています。

「あ、あはは……なるほどね。動揺を誘って隙を突くつもりだよね？ そ、そうはいくもんか」

「うぬぬ……困りましたね、そういわれましても。あ、思い出しますので、ヒントもらえますか？」

びしっと音がした気がしました。なんでしょうね。

「もしかして……本気で覚えがないとか、いい張るつもり？ あれだけのことをしておいて……？」

「あれだけのことがどんなことかは、ついぞ思い当たりませんが……あなたにそのような大変なご迷惑などかけましたっけ……？」

「あはは、は……あれもこれも、あんたにしたら、大したことないって？ 歯牙にもかけないと？」

仮面越しに、物凄く睨まれている気がします。記憶にありませんが、いったいなにをしたというのでしょうね、私。

「それ以前に覚えがありませんが……」

「まったく？ これっぽちも？」

「ええ、まったく。これっぽっちも」

「そっかあ……――殺す！」

「なぜに⁉」

理不尽極まりない。

「――とまあ、本音ではそういいたいところではあるけど、この状況下じゃあ今は無理かな？　あんたに『剣聖』に、雑魚とはいえ他多数……どうだろ、取引しないかな？　本来は、この姿を見た者は消す主義なんだけど、ここにいる全員を見逃してあげる。だから、こっちが逃げるのも見逃してほしい。どうかな？」

なにやら、無茶苦茶なとんでも理論ですね。陽気で軽い声音からはどこまでが本気かわかりかねますが、少なくともレーネさんを人質に取っている以上、まったくの冗談というわけでもないはずです。

「わかりました。ではそれで」

「即答⁉」

そもそも逃がす逃がさない以前に、私にはアイシャさんを捕らえる必要がありません。まあ、井芹くんの窮地を招いたり、レーネさんを縛めているのは許しがたいことではありますが、現段階での実害はゼロに等しいですから。

無理に捕らえようとしてレーネさんの命を危険に晒すよりも、穏便に平和的に解決できるのでしたら、それに越したことはないでしょう。

「ふふん、わかった！　人畜無害そうにして、また平気な顔して騙すつもりだよね？　そう何度も引っかかりはしないさ。それとも、たとえここで逃がしても、いつでも討ち倒すことができるって余裕かな？」

では、どうしろと。せっかく要求に応じて譲歩しているのに、信じてもくれません。不当に疑ってかかるのはやめてほしいものですね。

「そうだ、こうしよう！　この娘を途中まで連れていく。このまま見逃してくれるなら、なにもしない。なあに大丈夫、安全が確保できたと判断したら、すぐに解放するからさ」

隣の井芹くんをちらりと窺いますと、小さく首を横に振っていました。やはり嘘ですか。

理由は不明ですが、どうやら私に並々ならぬ恨みを抱いているご様子です。アイシャさんだったときと違い、中身さんはとても性格が捻じ曲がっていそうですから、私を悔しがらせるためだけに、レーネさんを害することくらいは平気でやりそうですね。

せっかく、エイキとの戦いを皆で無事に潜り抜けたのですから、こんなところで無用な犠牲を払うなど冗談ではありません。こうなりますと、レーネさんはこの場で奪い返しておく必要がありますね。

しかしながら、どうしましょう。相手はSランクの冒険者、つまりSSランクの井芹くんに次ぐ実力を持つということです。

手腕に抜かりもないようで、練達の盗賊職であるレーネさんを巧みな捕縛術で封じています。少々の隙では、レーネさんの自力での脱出は不可能でしょう。首筋につきつけられたナイフの刃も、絶妙な位置です。わずかな動きで頸動脈が掻き切れる上、その気になれば首ちょんぱもできそうです。

　これまで仲間として行動をともにし、私の回復魔法についても熟知しているでしょうから、人質をとった時点でそこも計算のうちのはずです。首を飛ばされたら、いくらなんでもお手上げです。強引に奪還を敢行したはいいものの失敗でした、では済まされません。どうしたものでしょう。

　ううーむ、さすがはＳランク冒険者というところでしょう。そんな悪賢さに〝さすが〟という言葉を使いたくはありませんが。

（あらためて信じられませんね。あのアイシャさんが……）

　冷徹な鉄仮面の上に、アイシャさんの顔がだぶります。

　カレッツさんには冒険者のよき先輩として、フェレリナさんには頼りになる相談役として、レーネさんには優しいお姉さん役として、『青狼のたてがみ』パーティのかけがえのない仲間として、打ち解けていたと感じたのですが……それもすべては信頼を得て、油断させるために塗り固められた偽りだったということですか。

　あれだけ懐いていたレーネさんに、これだけ無慈悲に刃物を突きつけているのですから、そこは疑いようもありません。井芹くんにはやや距離を置き、最初、私に若干冷たく接してくることもありましたが、そういうことだったのですね。

今更ながらに、ともに仲間として過ごした日々が、思い出として懐かしく思い起こされます。今となっては詮なきことではありますが、仮初とはいえ同じ釜の飯を食べた者同士、こうして道を違えるのは寂しいものではありますね。

（……アイシャさんとの思い出といえば……そういえばあれ、使えませんかね？）

ふと閃きました。

「わかりました。その案を呑みましょう」

「タクミさん⁉」

慌てたのはカレッツさんでした。あの動揺ぶりからして、私と同じ最悪の結果に思い至っているのでしょう。カレッツさんとレーネさんは付き合いも永く、仲間意識も人一倍でしょうから、無理もありません。情に厚いカレッツさんでしたら、なおのことですよね。すぐにでも助け出したい心情を必死に押し殺し、我慢してくれていたところに申し訳ないのですが、ここは私を信じていただきたい。

視線で促しますと、カレッツさんはしぶしぶ納得してくれたようでした。

フェレリナさんは、私がなにか企んでいることに気づいたようで、いつでも動けるようにしながらも静観してくれています。

井芹くんは我関せずというふうで、積極的に行動を起こす気はないようです。依然として、アイシャさんがもっとも動向に注視しているのは私と井芹くんですから、ある意味的確でしょう。井芹くんは当事者である私の判断に委ねるようですから、ここはお任せされちゃいましょう。

「それは双方にとって最善だね。特にこの娘にはさ。よかったね、レーネちゃん。若い身空で散ることにならなくて」

「……嬉しくない。ちゃん付けで呼ぶな」

「おやおや、アイシャのときとは違って、ずいぶんと嫌われたもんだね、レーネちゃん。あんなに毎日ウザいくらいに纏わりついてくれたのに。なんとも弱々しい抵抗だよねえ？　いつもの溌剌さはどうしたのかな？　空元気でも出したらどう？　ねえ、聞こえてるかな、レーネちゃん？　ひゃは！」

芝居じみていて、白々しいことです。あれって絶対こちらの神経を逆なでするために、わざとやってるんですよね。なんとも性格のお悪いことで。

ですが、おかげで、あの仲間だったアイシャさんはもういないのだと実感できました。もはや、躊躇はありません。

「あ、ちょっと勝手に動かないでくれるかな？　手が滑っちゃうよ？」

私があらぬ方向に歩き出そうとしたので、すぐに警告が飛んできました。

「いえ、なに。これから樹海に行かれるのでしたら、最低限の荷物は必要でしょう？」

誰の持ち物かはわかりませんが、先ほどのエイキとの戦闘で散乱し、そこいらに転がっていた手提げ袋のひとつを手に取りました。

「それは道理だよね。でも、ちょいとサービスよすぎない？　なにか企んでる？」

「まさか。こちらが手出しできないのは、あなたが一番よくわかっているでしょう？　ちなみにこれ、あなたのためではなく、レーネさんのためですよ。魔物蠢く樹海の真っ只中に手ぶらで解放されては堪りませんからね」

「あっそ。まあいいや、面白そうだから乗ってあげる。こっちに投げて」

「はいはい。用心深いですね」

ひょいっと放り投げた手提げ袋は、ふたりのすぐ足元に転がりました。

「じゃあ、レーネちゃんが拾ってね。わかってると思うけど、余計な真似はしないように」

「……うっさい、わかってるってば！」

私の創生の力を知っているのですから、当然、そうしますよね。危険物かもしれないものを、自らは手にしないと思いましたよ。

「レーネさん、その袋、手放しちゃ駄目ですよ？」

いうや否や、飛び出します。

常人では目にも留まらぬ速度のはずですが、アイシャさんは腐ってもSランク冒険者です。確実にこちらの動きに反応していますね。

「なにそれ、捻りもないね？　それとも、情にほだされて本気で手を出さないとでも思った？　お生憎様、約束を破った罰は受けないとね――後悔しなよっ！」

　アイシャさんは冷酷に告げ、無造作に首筋のナイフを横に引きました。

　レーネさんは喉元から斬り裂かれ、無残にも断ち切られた首が飛ぶ――ようなことは当然なく、鋭いナイフの刃先は、レーネさんの肌に触れる寸前で、鈴の澄んだ音とともに、ぽよよんと弾かれました。

「「はあ？」」

　斬ったアイシャさんと斬られたレーネさん、ふたりが同時に素っ頓狂な声を上げました。

「〝護りの福音〟でしたっけ。攻撃を弾くというあなたのイヤリング。創生して手提げ袋に仕込ませてもらいました」

「ちぃ、そうくるかよ！　やってくれたな、この野郎！　でも、浅はかだね。イヤリングの効果は一日一回――あらためて首を刈ればいいだけのことさ！」

　と、再度振り下ろしたナイフがまた弾かれました。

「「はああ？」」

　さらに何度も斬りつけていますが、結果は変わりません。

「ちなみに百個ほど量産してみましたかね？」

備えあれば憂いなし。

「こ、こここ、こんのチート野郎があ！　非常識なことばっかしやがって！」

動揺した隙に、アイシャさんに接近した私は、彼女の腕の中からレーネさんを引っこ抜きます。無事に人質救出ですね。

「今度はこちらの番ですよ」

私がいい終えるよりも早く、即座にアイシャさんが樹海に向けて反転しました。不利と即断してからの逃げの一手は見事でしたが、実行が遅すぎました。レーネさんを傷つけようなどとせずにいれば、逃げ切れていたかもしれませんね。

むしろ、彼女自身がいったように……情にほだされてくれたのでしたら、見逃すこともやぶさかではなかったのですが。残念です。

「捕まえました。観念してください、もう逃しませんよ」

樹海に逃げ込まれる寸前で、アイシャさんの腕を捕らえました。速度としては私のほうが速いのですが、体捌きでは彼女のほうが数段上ですから、樹海の生い茂る木々に紛れられると厄介でしたね。

それがわかっているのか、彼女の鉄仮面の下から嘲笑が聞こえます。

「勝ち誇ってるところ悪いけど、忘れてない？　こっちだってイヤリングを装備してるんだから、攻撃は効かないよ？」

この初撃さえ防げれば、逃げ切れると確信してのことでしょう。

なるほど、私もそうだと思います。ですが、私には攻撃の意思はありませんので、あしからず。

「そんなあなたには、空の旅をプレゼントです」

「へ？」

アイシャさんの腰にロープをくるりと巻きつけました。

『音速ドリル、クリエイトします』

音速ドリルとは、昔懐かしテレビマンガに登場したロケットです。音速で飛ぶ上に、先端はドリル仕様です。空飛ぶドリルとは、なんとも若かりし日の憧憬をくすぐるシルエットですよね。

「……は？　なに……これ？」

「では、お達者で」

ドリルの後部からジェットが噴出し、凄まじい勢いで飛んでいきます。さすが、〝音速〟の名を冠するだけはありますね。

「あああああ！　――ぁあぁぁぁぁ……!!」

ドリルに結びつけたロープに引っ張られて、叫び声だけ置き去りにアイシャさんもまたドリルとともに空の彼方に消えました。

ロープを切って脱出されるのは前提として、樹海のどの辺に落ちるかはわかりませんが、まあ相手はSランクの冒険者だそうですし、死にはしないでしょう。しばらくは、この広大すぎるトランデュートの樹海をひとり彷徨うことになるでしょうから、おおいに反省してもらいたいものですね。

回想終わり。

アイシャさん――他に本名があるのでしょうが、とにかくあの『影』の方とはそのような経緯がありまして、現状がこうなっているわけです。

カレッツさんもフェレリナさんも覇気なく落ち込み気味、レーネさんに至っては周囲にどんよりと暗雲が漂っているようです。やはりよほどのショックだったのでしょう。

皆さんを元気づけてあげたいのは山々なのですが、私はどちらかといえばショックを与えた側の人間です。私とて、力を抑えていたことがバレてしまいましたからね。

勢い余っての音速ドリルはやりすぎました。あれでは〈万物創生〉が弩弓創生などに留まらず、なんでも創生できるとんでもスキルだということが知られてしまいましたね。

『影』さんとのやり取りだってそうです。私が素でSランク冒険者を圧倒する能力を持っていたことを、彼らがどのように受け止めていることか。

とりあえず、なにか声をかけようと近づいていたのですが、考えがまとまらないうちにカレッツさんたちのもとに辿り着いてしまいました。

気づいたカレッツさんが出迎えてくれたのですが、なんと切り出したらいいものかとお互いに言葉が出ません。こんなときこそ、いつも元気溌剌なレーネさんがおどけて場を和ませてほしいところですが、そのレーネさんがどんよりどよどよの雨降り前の曇り空ですから、これは困りました。

兎にも角にも、このままお見合い状態でいるわけにはいきませんね。

「お疲れ様です、カレッツさん」

「あ、え、ええ。お疲れ様でした……本当に色々と」

後半部分がやけに念がこもっている気がします。特に皆さんは予想外の出来事の連続だっただけに、お疲れでしょう。

「レーネを助けてもらって、ありがとうございました。タクミさんがいなければ、Sランク冒険者相手にどうなっていたことか……まさか、あのアイシャさんが、ってのが一番応えましたけど……」

その名前が出た瞬間、俯いているレーネさんの肩がぴくんと反応しました。

「レーネさんのことは気にしないでください。身に覚えはないのですが、あの方は私に執拗な恨みを抱いていたようですから、私のほうが巻き込んでしまった形ですし」

返す返すも、どこで恨みを買ったのでしょうね。男は閾を跨げば七人の敵あり、とはいいますが、相手が仮にもSランクの名の知れた冒険者となりますと、むしろ思い当たる節がないことにやきもきします。

「それに、イセリくん――いえ、彼がかの『剣聖』イセリュート様だったとは……驚きました」

それにもレーネさんが反応します。レーネさんは知らずとはいえ、かの『剣聖』を弟分として可愛がっていましたからね。その正体を知った衝撃はいかばかりでしょう。なにか、いたたまれないのですが。

「もう数十年も昔から噂で囁かれている伝説の冒険者でしたから……てっきり見た目も、もっとご高齢の方かと。そうとも知らずに、ずいぶんと失礼な態度を取ってしまいました」

あれでも還暦ですからね。私と同い年ですし。

「そこも気にされないでよいのでは？　正体を伏せて、あえて見た目の年相応の態度を取っていたわけですから」

「やはりタクミさんも、最初から彼のことを……？」

あ。口が滑りましたね。自ら白状してしまいました。まあ、エイキとの戦闘中にあれだけ普通に会話していましたから、いまさらなのかもしれませんけれど。

　こうなってしまっては、もはや秘密にしておくこともないでしょう。

「内緒ということでしたので、黙っていてすみませんでした。彼とは既知の間柄でして。といいましても、初対面はファルティマの都でカレッツさんと同席したときでしたから、時間という点ではカレッツさんたちと変わりませんけれどね。どうやら、彼は私の〝鈴〟らしいです」

「〝鈴〟……ですか？」

「はい。どうも私は冒険者ギルドから胡散臭く思われているようでして、監視役ということみたいです」

　……うん？

　こうして話していて気づいたのですが、アイシャさん（仮）が正体を隠して『青狼のたてがみ』に潜入していたのは、私への復讐のためですよね。

　井芹くんが身分を伏せて同行していたのは、ギルドから依頼された私の監視のため。で、今回、このような事態に陥った発端は、同じ異世界からの召喚者である私に対するエイキ捜索の指名依頼ですから……

　これって、すべて私が原因となるわけですかね？　もしや、私は皆さんにとって『神』ならぬ『疫病神』ですか？

「うう……」

「どうしたんですか、タクミさん⁉」

がっくりと地面に突っ伏します。そうだったのですね、この私が……私こそ、このパーティにとっていらない子、ならぬいらない爺、つまりは老害でしたか……

おそらくレーネさんに匹敵するほどのダメージです。ちょっと泣いてしまいそうですよ。

「いいえ、ちょっと……自らが世に生まれ落ちた意義といいますか、人生の無常に思い至りましてね……」

「たった数秒の間になにがあったんです⁉」

カレッツさんに肩を借りて起こしてもらいました。お手間まで取らせてしまい、申し訳ない。

「……それで、これからどうされるつもりなんですか？」

ともあれ。

一時はダークサイドに堕ちかけた私でしたが、落ち着いたところでカレッツさんが訊ねてきました。これはカレッツさん個人というより、『青狼のたてがみ』パーティのリーダーとしての言葉でしょうね。

差し当たっての今後の目的としては、今回の依頼を遂行するため、捜索対象の『勇者』エイキを連れて、依頼主の女王様のいる王城へと戻ることになるでしょう。しかしながら、実際問題としてエイキの敵対衝動のことがあります。今のところは収まっているようですが、いついかなるときに再発しないとも限りません。一応、そうなれば、行きのように帰りも皆で一緒に、とは無理があるでしょう。

「危険の軽減のためにも、私とはここで別れて行動したほうがいいかと思います。『剣聖』の井芹くんも一緒に」

戦力的に井芹くんにはカレッツさんたちに同行してほしいところではありますが、この状況でそれは皆さんには酷というものでしょう。ギスギスするさまが目に浮かぶようです。仮に井芹くんがまた子供のような演技で通したとしても、それはそれで今度は井芹くんのほうが痛々しそうですし。

後頭部に丸太が直撃しました。投げてきたのは誰かわかりますので、いちいち確認はしませんが、この距離で私の思考を読まないでいただきたいものですね。

「そういうわけですから、私たちはエイキを連れて、先に出発したいと思います」

「頭……大丈夫なんですか？」

ああ、後頭部に丸太が刺さったままでしたね。実際には丸太に頭が刺さっている状態かもしれませんが。

「大丈夫ですよ」

「抜かないんだ……」

ぼそりとレーネさんが突っ込んでくれました。いい傾向かもしれませんね。井芹くんに感謝です。

「しばしのお別れとなりますが、また王都でお会いしましょう」

右手を差し出したのですが――カレッツさんからの応答がありません。

カレッツさんは拳を握り締めて、やや俯き加減に目を伏せていました。なにやら思い詰めている様子です。

「そのことなんですが……タクミさん。次回に会うのは一年後――ラレントの町でということにしませんか？」

はて、それはどういう……？

「皆も聞いてほしい」

その言葉は、フェレリナさんとレーネさんに向けられていました。

「俺は今回の件で、自分たちの未熟さを痛感した。相手がSランクとはいえ、アイシャさ――じゃなくって、敵対する冒険者に仲間を人質に取られたというのに、自分たちではなにもできず、結局はおんぶに抱っこで全部タクミさんに押しつけてしまった。このままでは、いけないんじゃないかと思うんだ。このままだったら、もし次に困難が訪れたときも、きっとまた最後にはタクミさんを頼ってしまうと思う。俺は同じパーティメンバーとはいえ、冒険者ってものが他者に依存するのはなんか違うと思うんだ。そんなのは俺たちの思い描いていた――俺たちがこうありたいと望んだ、かっこいい冒険者の姿じゃない。そうだろう？」

　カレッツさんの瞳は正面の虚空を見据えていました。視線の先に、まだ見ぬ未来を見ているのでしょう。情熱に燃えた若人の熱い眼差しです。

「タクミさん！　はっきりいって、今の俺たちにはタクミさんの仲間を名乗る資格がありません。だから――俺たちに時間をください。タクミさんが冒険者登録できるまでの期間に、俺たちはもっと成長してみせますから！　なあ、皆もどうだろう⁉」

　差し出したままだった私の右手を、いつしかカレッツさんの両手が強く握っていました。

　私はどうやら、若年だからとカレッツさんを見くびってしまっていたようですね。熱い人だとは知っていましたが、ここまでの情熱を秘めた若人だったとは。

　落ち込んでいたのは単にショックを受けていたからではなく、自らの現状に落胆しての前向きなものでしたか。諦観するでもなく発奮して向上心に変えるのは、誰にでもできることではありません。その心意気に、嬉しくなってしまいますね。

「やれやれ、そんな言い方だと、決定事項にしか聞こえないのだけど？」

　フェレリナさんが、穏やかな笑みを浮かべて歩み寄ってきました。

「なんだよ。フェレリナは反対か？」

「反対もなにも……これまでリーダーがそんなに熱く語っておいて、わたしたちの反論を聞き入れていたことってあったかしら？　少なくとも、わたしの記憶にはないのだけれど？」

「う。それをいわれると……辛いけど」

「ってなわけで、リーダーの意向に従うわよ。わたしだって、いつまでも人間に後れを取るのは我慢ならないしね」

　フェレリナさんから、おどけてウィンクされました。

　なにやら嬉しそうですね。よほど機嫌のいいときにしか、こうしてふざけるフェレリナさんを見る機会はないのですが……私と同じく、彼女もカレッツさんの前向きな姿勢が、心地よかったのかもしれませんね。

「レーネもいいわね？」

　フェレリナさんがレーネさんの背中をぽんぽんと叩くと、「ん」という手短な返事が聞こえました。

　今回の一番の被害者となってしまったレーネさんは、最年少で内に秘めた情が厚いだけに、カレッツさんほどの気持ちの切り替えは難しいでしょう。

　それを考慮しますと、事の元凶たる私と時間と距離を置くことは、決して悪くないのかもしれませんね。今はどんなに辛くても、時間が解決してくれます。かねてより使い古された陳腐ないい回しかもしれませんが、それだけに真実でもありますから。

「タクミさんには本当にすみません。こちらの勝手な都合で、加入してもらったり待ってもらったりと……」

「いえいえ。決してそんなことはないですよ。若人たちの頑張りを見るのは楽しくもありますから。これで正式に冒険者となったときの楽しみも増えるというものです」

「ははっ、つい熱くなってしまってお恥ずかしい。タクミさんにそういってもらえるなら助かります。それにしても、〝若人〟って……いったい、タクミさんっておいくつなんですか？」

　おや？　いっていませんでしたっけ？

「こう見えましても、六十歳ですよ」

「「「ええ〜〜！」」」

　驚きに我を忘れたのか、レーネさんまで声を揃えて叫んでいますね。

「ちなみに、あそこの『剣聖』の井芹くんも同級生です」

「ええ〜……って、〝同級生〟ってなんですか？」

　そういえば、こちらには学校制度がありませんでしたね。それではピンときませんよね。

「同い年ということです。ああ見えても中身は六十の偏屈者ですから、注意してくださいね」

　ずどんっ。

頭に丸太が一本追加です。

この距離で聞こえるとはなんたる地獄耳……といいますか、読唇術が使えましたっけ。

「……刺さってますけれども」

「お気になさらず」

「はあ～～……それにしても、おふたりとも六十歳のご高齢だったのですか……タクミさんは、俺のひとつかふたつくらい上かと思っていました。どうりでその……なんというか、雰囲気に貫禄があるといいますか」

「ああ。レーネやキャサリーが爺臭いとかいっていたやつ？」

「お、おい。失礼だろ、フェレリナ！」

爺臭い……まあ、そんなものでしょう。のんびりした性格からか、四十代の時分には周囲からそういわれていましたから。中老となった今はなおのこと、立派なお爺ですよね。

「異世界人は、わたしたちエルフみたいに長寿なのかしら？」

「私の住んでいた場所では平均寿命が八十歳くらいですから、こちらの方々とさほど変わりませんよ。あそこにいるエイキ――『勇者』は、今でたしか十六か十七くらいなので、見た目も年相応でしょう？　同郷出身者の中でも、私と井芹くんだけが特別みたいでして」

「え？　ということは、イセリュート様も異世界人なんですか？」

「そうなんです」

「はああ……驚きの新事実ね。でもそれ、わたしたちに話しても大丈夫だったの？　この業界でも『剣聖』の実態は謎に包まれていて、プライベートなことは一切表に出回ってなかったんだけど……だからこそ、謎めいた伝説扱いされていたわけだから」

フェレリナさん、できればそういうことはもっと早くに……

ペラペラと喋ってしまい、まずかったですかね。ですが、こうして反応がないところを見ますと――

ひゅるる～～……ずどんっ！

ふむ。あまりよろしくなかったようですね。脳天に垂直に丸太が降ってきました。

「……痛くないの？」

「見事なバランスだと思います」

頭に丸太三本とは、やりますね、井芹くん。

しかしながら、これではさすがに会話の邪魔です。倒れたら危ないですし、そこの地面に退けておきましょう。

「私がいうのもなんですが、本人の希望みたいですから、内密にお願いしますね」

「は、はあ」

カレッツさんたちでしたら、おいそれといい触らしたりはしないでしょう。そこは信用できます。

「それで、カレッツさんたちは今後はどのように？」

「フウカさんの回復を待って一度俺たちも王都に戻るつもりです。その後はまたここに戻ってきて、修練に励もうかなと。今回体験して知ったんですが、このトランデュートの樹海は難敵も多く、腕試しにはもってこいですから。勝手がわかるまで、まずはジーンさんたちを頼ろうかと思っています。この集落までの道中、余談としてそういった話も出ましたから、いっそお言葉に甘えようかと」

「なるほど、そういうことでしたら安心ですね」

私が地下で魔物と戯れている間に、他の冒険者パーティの皆さんと良好な関係を築けていたようですね。先達者の助言が得られるというのでしたら、それに勝ることはないでしょう。

話に出たフウカさんに目を移しますと、少し離れた木陰でぐったりとしていました。

いつも毅然としていて折り目正しい騎士然としたフウカさんには珍しいのですが、エイキとの戦闘の後からずっとあの調子です。ヒーリングをかけようとしたのですが、なんでも魔法で回復する類のものではないとかで。

どうも、凶暴化したエイキの必殺の一撃を受け止めたアレは、フウカさんの奥の手だったらしく……自身のすべての力を費やして爆発的に防御力を増幅させ、さらには〈共感〉

スキルを共有する双子の片割れのライカさん――その全精力までも自らに上乗せするという背水の陣に等しい大技だったそうです。

そうまでしないと受け止められなかったエイキの力が、いかに桁外れだったかということでしょう。

このスキル行使の後遺症により、しばらくは精も根も尽き果てて動けなくなるそうです。スキルでの消耗だけに回復魔法は通じず、自然回復でしか復調は見込めないとか。今頃、王城のほうでは、ライカさんも同様の症状になっているとのことです。そのおかげで井芹くんの命が救われたのですから、おふたりには感謝のしようもありませんね。

さて、話すべきことは話し、語るべきことは語り合えたと思います。いつまでも別れを惜しんでいても名残惜しくなるだけですから、そろそろ出発するべきですね。

「それでは皆さん、またお会いできる日を楽しみにしています！」

皆さんひとりひとりに別れを告げてから最後にそう締め括り、私たちは集落を後にしたのでした。

「井芹くんはお別れをせずともよかったのですか？」

「構わん」

樹海の木々の間を縫って並走する井芹くんは、特に感慨もない様子で素っ気ない返事です。

「冒険者同士など、常に出会いと別れの繰り返しだ。運良くば、いずれ再び相見えることもあろう。するのなら、再会の挨拶だけでよい」

さすが冒険者生活が永いだけに、井芹くんの言葉には含蓄がありますね。

「お～、かっちょいいじゃん、チビ太くん？　ひゅーひゅー」

私の背中――正確には縄で結わえて背負ったドラム缶から、エイキが首だけ出して井芹くんを冷かしています。

あ～あ。せっかくの決め台詞でしたのに、余計なことを……

「やかましい」

すぱんっと、井芹くんの刀の鞘が、エイキの無防備な後頭部を叩きました。まあ、そうなるでしょうね。経験者は語ります。

「痛～っ⁉　なにすんだよ、このドチビ！」

「……おい、斉木。この首をすぱっと斬り飛ばしてもよいものか？」

「駄目ですよ」

死んじゃいますし。

「くっ。これだけ斬ってくれとばかりに、うなじを剥き出しにしておきながら――残念だ」

「好きで生首してるんじゃねー。おい、ちょっとアンちゃん！　そいつ、なんか怖いんだけど⁉　ああ、くっそ！　人が動けないのをいいことに、刃先で首筋をつんつんすんじゃねーー！」

エイキがドラム缶ごとじたばたしています。

井芹くんに冗談は通じません。軽口に返ってくるのは大抵物理ですから、あらかじめ注意しておくべきでしたね。ですが、このぐらいの報復でしたら、可愛いものでしょう。

私からいえることは、ただひとつ——

「諦めてください」

「そうだな、命を」

「井芹くんも違います。言葉巧みに斬ろうとしないでください」

本気で殺気を撒き散らすのもやめてくださいね。さっきから、樹海の野獣も魔物も寄りつかないほどですから。

「うおー！　これ、刺さってねー⁉　刺さってねえ⁉　ぜってー、血ぃ出てるって！」

「安心しろ。頸動脈は避けている」

「ちっとも安心できねーー！　ってか、やっぱ刺さってるってことじゃねーか⁉　暴力反対！　刃傷沙汰撲滅！」

「はいはい。ヒーリング」

ふたりとも騒がしいことですね。ただ、しんみりするよりはマシでしょう。

この速度でしたら、今日中にはトランデュートの樹海を抜けられそうです。入り組んだ樹海さえ突破できれば創生した乗り物も利用できますし、それ以降でしたらいったんエイキを解放しても大丈夫でしょう。

なんにしても、しばらくこの騒々しさは続きそうですね。さてさて。

人智の及ばぬ深遠なる地。深奥に秘されたとある場所では、人ならざる異形の者たちによる集いが行なわれていた。

部屋と形容してよいものか、闇に覆われたその空間に集った者たちは、形状や形態での一貫性は皆無に等しいが――全身を染める漆黒と、真紅に煌めく眼光だけは共通していた。

それは、人種や亜人種を含む人族からは、〝魔物〟と称されて忌避される存在である。

一般的に、魔物は知恵や知性を持たない、疑似生命体とされていた。魔力の吹き溜まりから自然発生し、生き物――特に人族を無差別に襲う習性を有した、天災などのただの自然現象に等しい存在だと。魔物は食事をする必要はない。生殖行動もなく、ゆえに生活圏や縄張りという概念もない。それでも他の生命体を襲うのは、生物の姿を模したがゆえの擬態行動ではないかと考えられていた。

つまり、いまだ未知の存在であり、誰しもが結果論から〝そういうものだろう〟と認識している程度である。ただし、何事にも例外があるように、魔物にも特例は存在する。前述を否定するものではあるが、自我すら有する強靭な個体――魔物というカテゴリーからも外れ、〝人族〟に対して〝魔族〟と定義されている存在である。

冒険者的に述べると脅威度Sランク以上に分類されており、〝魔王の側近〟などとも呼ばれている。呼び名はあれど、その実態は謎に包まれ、いっさい解明されていない――この場に集まったモノたちは、そんな存在ばかりであった。

「カイゼルアイゼルが報告いたします。人族の最重要拠点を襲ったゾリアンティーネは消失、同時に配下の手勢二十万余を失いました」

「……ザーギニアス、報告するぜ。世界樹が力を取り戻しやがって、魔窟と培養中の魔物はすべて消失、あの森を使った培養計画は失敗。それどころか、森に結界が張られたせいで侵入も不可、今後の見通しも立たなくなった」

「レフィティリーナ、報告するわ。こっちの例の計画は順調よ。けれど、まだ成果の報告は先になりそうね」

「ラーカンドルフ……報告。樹海で行なっていた試みは……問題が発生して中断。また……同時進行していた地下での強化試行中の魔物……約三万が排除された……」

暗闇の中から次々と声が上がった。

光源の類もなく、一寸先も見通せぬほどの真の闇だが、そこにいるモノたちは歯牙にもかけない。もとより、光がないと周囲が感知できないのは、あくまで通常の生物の感覚であり、連中には当て嵌まるわけがなかった。

「――けっ！　けったくそ悪い報告ばかりだな、ええ？　もちっと、景気のいい話はねぇのかよ？　ザンファレルの馬鹿が最初の侵攻で殺られてから、ケチの付きっ放しだな！」

「あら、ザーギニアス。あなたもそのケチを付けた一端でしょう？　任務に失敗したどころか、ご自慢の黒槍ごと片腕まで持ってかれて、よくもまあそんなに堂々としていられるわね。野蛮な獣は、過去を顧みて恥じ入る気持ちすら持ち合わせていないのかしら？」

「うるせえぞ、レフィティリーナ、このクソが！　あれは……なにかと目障りなエルフどもを始末できるのを目前に気が急いて、少し油断しただけだ！　あの人間……騙し討ちなんぞしやがって――今度会ったら、消し炭にしてやる！　第一、てめえだってあんな簡単な任務にどれだけ時間をかけていやがる、この無能が！」

「はあ？　いうに事欠いてなんだって!?　やるってのかい、この○○○畜生が！」

闇の中で怒号や破砕音が飛び交うが、残る二体はさしたる反応を示さない。傍観というが早いか、レフィティリーナがザーギニアスに襲いかかり、激しい戦闘がはじまった。

よりも、そもそも興味がないという態度である。

「……やめよ」

不意に、あらぬ方向から制止の声がかかった。

それまでの四体ではない五番目の存在からの一言に、殺し合いにまで発展していた二体の戦闘が即座に止まる。雷鳴を受けたかのごとく、争っていたザーギニアスとレフィティリーナばかりではなく、全員がその場に跪いていた。

しかしながら、それ以上の命令があるわけでもなく、「続けよ」という短い言葉だけが告げられる。それだけで、まるでたった今の喧騒などなかったかのように、話し合いが再開された。

「カイゼルアイゼルが提案いたします。近頃、魔物の損失が著しく、高位種も数を減らしています。戦力増強の観点からも、まずは模造魔窟の生成を実験段階から次段階に移行すべきかと」

「反対だ。俺様も関わってみたが、あれはしち面倒臭え。生まれる魔物も普通の魔窟と比べて、てんで雑魚ばっかりだ。雑兵ばっかり増えても仕方ねえだろ？」

「ザーギニアスが反対なら、賛成するわ」

「……てめえ」

牙を剥き出しにしたザーギニアスの獅子の獣面が唸るが、レフィティリーナは意に介さない。

「賛成。減った魔物の補充は……しておきたい」

「では、決定ということで。この件はこちらで主導しましょう」

カイゼルアイゼルの提案は承認された。

基本的に魔族は自由行動を許されているが、重要な決めごとについては、意外にもこういった多数決の形態が取られていた。

「……次。ラーカンドルフ……提案。『勇魔』の件……どうする……？」

「ああ、あの人族の魔物化計画か。手っ取り早く、減った魔将の補充をするって案らしいが……今となっては不確定要素が多すぎねえか？　もう樹海からも離れたっていうじゃねえか。やっぱ敵に回すくらいなら、さっさと始末したほうが早くねえか？　わざわざ我らが御大にまで出張ってもらって、あげくに失敗たあ、笑えねえがな」

「我が君のお手を煩わせたのだからこそ、安易に諦めるのもどうかしら？　まだ完全に失敗したわけでもなし、まずは継続的に経過を窺うのも有効ではなくて？　樹海を離れて急速な変化はないにせよ、緩慢な変化はあるかもしれないわ。一時は成功しかけたのでしょう？　今後、どう変化するかも見物だし」

「カイゼルアイゼルは？」

「レフィティリーナに同意しましょう。王から賜ったお力添えを無駄にすべきではありません」

「わかった……継続する……」

淡々とした口調のラーカンドルフに、心なしか、嬉々とした感情がこもる。

「だったら、今度は俺様から提案だ！　聞けば、前回侵攻のザンファレルの件、今回侵攻のゾリアンティーネの件、俺様のときも――ラーカンドルフの件だって、すべてにひとりの人族が関連していることが判明している！　即刻、抹殺すべきだ！　そして、その任をこの俺様自らが請け負ってやる！」

矢継ぎ早に声を荒らげたのはザーギニアスだった。紅い双眸が、激情の炎で爛々と光を増している。

「あらら。秘宝まで使って、なにを熱心にこそこそと調べ回っていたのかと思いきや……思いっ切り私怨じゃないの」

「なんだと、レフィティリーナ。てめえ、反対だってのか？」

「遺憾だけど、こればかりは賛成ね。小耳に挟んだ情報だけでも、危険な人間よ。もっとも、あんただけに任せてはおけないくらいの脅威ね」

「ああんっ⁉　俺様じゃあ力不足だってのか⁉」

「現に一度負けてるじゃないの、あんた。追加提案として、専門部隊を組織して事に当たることを提唱するわ。こっちは割と手が空いているから、一緒に参加してもいいくらいよ。

どれほどの相手か、じかに会って確かめたいって興味もあるしねえ……」

闇の中に、レフィティリーナの舌舐めずりする音が響く。

「けっ、この陰湿粘着蛇が」

「賛成……邪魔者は排除すべき……」

「賛成いたします。珍しく満場一致のようですね。では、その人間を最優先の消去対象にするとして、引き続きレフィティリーナの案の検証を――」

「……よい」

「は？」

まず通常ないことだが――冷静沈着を旨とするカイゼルアイゼルが、思わず素っ頓狂な声を上げていた。

それもそのはずで、本来こういった話し合いの場は、配下たる魔将たちに一任されていた。かの御方が内容に口を挟んでくることなど、かつて一度もなかったのだから。

「これは無礼な口を。失礼いたしました。ですが僭越ながら、今なんと仰られましたか……？」

「その人間は構わずともよい。捨て置け」

はっきりとそう告げられる。

主に断言されては、反論の余地などない。いい出した当のザーギニアスすら、大人しく恭順の意を示していた。

それ以降はいつものごとく、魔将たちによる諸々の案件についての話し合いが続けられ、決を採っていった。

一通りが議案にかけられて片づいたところで、魔将たちは任務に戻るべく一体また一体とその場を後にしていく。

「それでは、我が王よ。本来これにて失礼させていただきます」

最後にカイゼルアイゼルが姿を消し、闇に覆われた空間は静寂に包まれた。

その中で、玉座にもたれたまま微動だにしなかった存在が、小さく息を漏らす。

「ふっ、世界樹を復活させたか。小賢しいあのハイエルフの小娘め。上手くアレを利用するとは、よくもやる」

その声音はどこか楽しげで、懐古さえ感じさせた。

「これからおまえがどう行動するのか……見させてもらうぞ、今世の『神』よ……」

〝魔王〟と呼ばれるその者は、ひとり静かに笑みを浮かべるのであった。

あとがき

皆様、お久しぶりです。作者のまはぷるです。この度は、文庫版『巻き込まれ召喚!? そして私は『神』でした??５』をお手に取ってくださり、誠にありがとうございます。

文庫版も、これでいよいよ五巻目となりました。

本作をＷｅｂ小説として投稿しはじめたのが二〇一八年の一月で、今巻に当たる内容を執筆していたのが、それからおよそ半年後の七月くらいだったと記憶しています。

もともと飽きっぽい性格でしたから、なにかひとつを半年も続けられた覚えがなく、我ながら驚愕でした。これもひとえに、当時応援してくださった方、Ｗｅｂサイトにコメントを残してくださった方々の後押しのおかげでしょう。私自身、褒められて伸びるタイプ、といいますか、おだてられると木に登るタイプですので（笑）。

さて。本作の五巻では、物語冒頭以来まったく出番のなかった『勇者』の再登場となりました。

執筆当時では半年ぶりの登場だっただけに、正直なところ期間が空きすぎて、どんなキャラだったかすっかり忘れてしまっていました。数話分ほども書き進めてからキャラの間違いに気づき、慌てて手直ししたのは懐かしい思い出です。

昨今の勇者といえば、一昔前の英雄的な役割ではなく、どちらかというと散々な扱いを受ける役どころが多いのでしょうが、本作でもその例に漏れません。

ただ、憎まれ役として登場させた『勇者』ですが、今となっては個人的にはなんだか憎めないキャラとなりました。特に、『剣聖』の絡みは割と気に入っており、書いていて楽しかったですね。

最後になりましたが、僭越ながらこの本作、今では文庫版だけではなく、アルファポリスのＷｅｂサイトでコミカライズもされております。

作画はベテラン漫画家のトミイ大塚さんで、コミックの第一巻も刊行され、ただいま絶賛発売中です。こちらも是非ご覧くださり、漫画独自の世界観をお楽しみいただければ幸いです。

それでは、また次巻で皆様にお会いできることを楽しみにしております。

二〇二一年九月　まはぷる